Are You Happy?

아 유 해피?

아 유 해피?

ARE YOU HAPPY?

강현순 지음

Thank you

행복은 바로

감사하는 마음이다.

- 조셉 우드 크루치 -

당 신 께 행 복 을
전 하 고 싶 어 요

______________님께

From.

프롤로그

행 복 을 포 기 하 지 마 세 요

2년 전 가슴 뛰는 꿈을 만난 후 하루하루가 행복하기만 했다. 처음 느껴 보는 놀라운 열정에 스스로 놀라며 꿈을 향해 달렸고 짧은 시간 안에 내 이름이 들어간 공동 저서도 한 권 나왔다. 하지만 기쁨은 오래가지 않았다. 내가 원하던 결과물을 손에 쥔 뒤 성취감을 느낀 건 잠시뿐 나는 또 예전의 나로 조금씩 돌아가고 있음을 감지하기 시작했다. 두 아이의 등원 준비에 바쁜 아침, 유모차를 끌고 가면서 습관처럼 독과 같은 생각들을 되뇌고 있는 나 자신을 보았다.

'아 결국 예전의 나로 돌아가는 건가? 가슴 뛰는 꿈을 이루어도 영원한 행복은 잡을 순 없는 건가?'

그렇다고 행복을 포기하지는 않았다.

'그래, 행복이 영원할 수 없는 거라면 마음이 편안해지는 책들을 늘 가까이해 지금처럼 꾸준히 마음을 토닥여가며 살아보자.'

그리고 한발 더 나아가 이런 생각을 했다.

'나도 언젠가는 사람들에게 행복을 전하는 책을 내고 싶다.'

나는 행복한 사람이 아니었다. 행복이 뭔지도 잘 몰랐다. 그런 내가 그런 소망을 품은 후부터 삶 전체가 달라지기 시작했다. 단 한 번도 느껴보지 못했던 마음의 평화와 안정이 찾아오기 시작했다. 걱정, 근심이 사라지는 놀라운 변화가 찾아왔다.

'왜 난 행복해지는 법을 배울 수 있다는 생각조차 하지 못했을까? 행복에 대한 진지한 고민조차 없이 왜 그저 무언가를 소유하고 성취하기 위해 끊임없이 달리기만 했을까?'

원하던 대학에 가고, 원하던 직장에 들어가고, 원하던 사람과 결혼을 하고, 원하던 집을 장만하고, 간절한 꿈을 이루어도 행복은 내 곁에 그리 오래 머물지 않는다는 사실을 깨달은 사람들은 대부분 진정한 행복의 의미를 찾아 나서기보다는 포기를 택한다. 행복은 영원히 닿을 수 없는 그 무엇이라 여겨버리고 손에 넣기 쉽고, 수치화하기 쉬운 무언가를 얻기 위해 더욱더 현재의 삶을 고달프게 만든다.

나는 행복을 찾아가는 과정과 깨달음을 블로그에 나누기

시작했고, 그 결과 나뿐만 아니라 내 이웃들도 하나둘 변화를 경험했다.

처음엔 '어떻게 하면 더 행복해질 수 있을까?'를 고민했고 지금은 '어떻게 하면 내가 경험한 행복의 비밀을 더 많은 사람들과 나눌 수 있을까?'를 고민하고 있다.

그런 고민과 노력들이 나를 더 기쁘고 행복하게 만든다.

당신이 지금 행복하지 않다면 무언가를 덜 소유했기 때문이 아니다. 단지 행복해지는 법을 모르기 때문이다. 행복은 영원히 잡을 수 없는 꿈이 아니다. 행복해지는 법을 배우고 실천하면 누구나 누릴 수 있다. 행복을 포기한지 오래되었다는 누군가에게 말하고 싶다.

“

결코 행복을 포기하지 마세요.
지금 이 순간 당신 곁에 머무는 행복에
눈뜰 수 있기를 간절히 빕니다.

”

목차

1장 성공하면 행복해질까?

:행복이란 뭘까? 18
:행복한 도도맘 21
:내면세계에 기적이 일어나다 24
:내 마음을 토닥여주세요 28
:하나뿐인 수건 30
:유재석의 말하는 대로 32
:영혼에 눈뜨게 된다면 35
:성공이 행복인 줄 알았다 38
:행복이 가장 먼저다 41
:다시 태어나면 뭐가 되고 싶니? 43
:자아의 신화를 찾아서 46

2장 감사의 분량은 행복의 분량

:오프라 윈프리의 감사일기 58
:불평불만이 사라지다 60
:비딱해지는 시선 바로잡기 63
:반짝이는 일상 66
:감사로 물들다 69
:행복한 순간들조차 불안한가요? 72
:쓰레기 같은 고민들 75

:기분 좋은 향기를 풍기는 사람들 78
:다시 힘을 내다 81
:역경을 바라보는 자세 83
:단 한 개의 악플 85
:불쌍한 나에게 88
:가장 쉬운 명상법 91
:내가 알고 있는 걸 당신도 알게 된다면 93

3장
내면의 속삭임에
귀 기울이기

:내 영혼의 비타민 한 알 104
:당신에게 운명의 책은 무엇입니까? 106
:글쓰기는 영혼의 통로다 109
:왓칭, 내면의 관찰자 111
:이 고통에서 무엇을 배울 것인가? 114
:오롯이 당신은 소중해요 116
:비교하는 마음, 멈출 수 있어요 119
:상처는 오직 나만 줄 수 있어요 122
:마음의 집을 청소하는 법 125
:사랑해, 고마워, 짜증나 '말의 힘' 127
:미라클모닝 130

목차

4장 지금 이순간에 머무르기

:이 악물고 달리지 마세요 142
:천천히, 나의 꿈 145
:삶의 속도 조절하기 146
:숨은 행복 찾기 148
:내 오감이 느끼는 것들 149
:행복은 지금 여기에 151
:위시리스트 적어보기 153
:기분 좋아지는 목록 155
:카르페 디엠 159
:내가 있어야 할 곳 161
:지금 무엇을 보고 있나요? 164
:끊임없이 감탄하라 166
:삶의 경이로움이 부르는 소리 168
:행복은 아주 작고 사소한 것 170

5장 자주 웃고 더 많이 사랑하기

:몸속의 간도 웃어야 해 180
:연민의 마음, 용서하는 법 183
:나만 옳다는 생각은 위험하다 187
:주변 사람을 바꾸고 싶다면 189
:자식에게 남기는 최고의 유산 191
:날 지켜준 친구야, 고마워! 194
:니가 웃으면 나도 좋아 197
:우리는 남이 아니다 200
:사랑은 영혼의 본질이다 202
:엄마는 몇 살까지 살고 싶어? 204
:감사편지의 경이로움을 아시나요? 206
:새언니에게 쓰는 감사편지 211
:인생의 위대한 법칙 Giving 214
:어깨를 부딪친 모두가 삶의 스승 218

에필로그 228

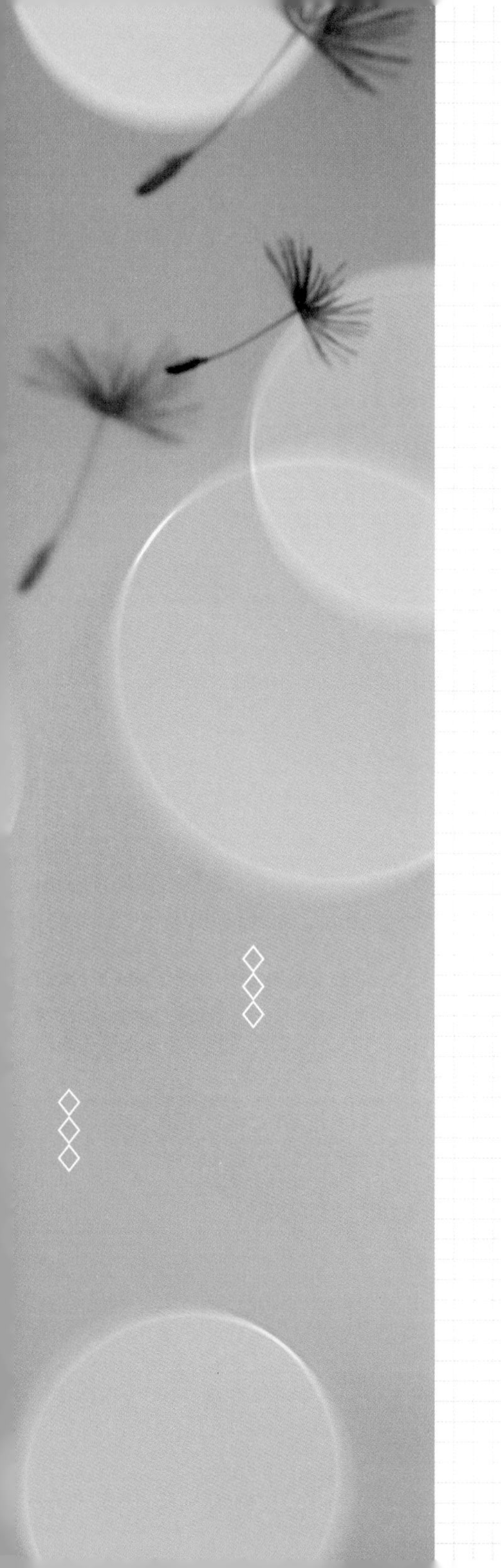

01

성공하면 행복해질까?

그대의 마음이 있는 곳에 그대의 보물이
있다는 사실을 잊지 말게나.

- 파울로 코엘료의 《연금술사》 中 -

행복이란 뭘까?

학창 시절 방글라데시 사람들이 우리나라 사람들보다

행복지수가 높다는 이야기를 듣고

어린 마음에 도무지 이해가 가지 않았다.

'거기는 가난한 나라잖아.

어떻게 우리보다 행복할 수 있지?'

참 이상하다는 생각을 했다.

아마도 그땐 행복이란 무언가를

더 많이 소유하거나 성취해야 한다는

생각이 마음 깊이 자리하고 있었기 때문일 것이다.

성인이 되어서도

'행복이 뭘까?'

라고 진지하게 생각해 본 적도 없었고,

'행복은 이거야'

라고 명쾌하게 설명해주는 사람도 없었다.

그리고 주변에 행복해 보이는 사람도 없었고

행복해지는 방법을 알려주는 사람도 없었다.

행복이 뭔지도 잘 모르면서

행복해지기 위해 하루하루 열심히 살았다.

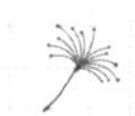

두 아이의 엄마가 되고

삼십 대 중반을 넘기고 나서야

나는 행복에 조금씩 눈뜨기 시작했다.

"서윤아 행복이 뭘까?"

"음- 마음이 기쁜 거."

"넌 언제 가장 기뻐?"

"장난감 살 때."

"그러면 장난감 사는 그 순간만 기쁘잖아.

매일매일 새로운 장난감을 살 수도 없고-"

여덟 살 아이가 이해하기는 아직 어렵겠지만

그래도 이야기하고 싶었다.

"일단 가지고 있는 것에 감사해야 해.

그러다 보면 행복이 뭔지 알게 되니까."

아이에게 감사 게임을 해보자고 했다.

"소중한 딸을 주셔서 감사해요."

그냥 피식 웃고 말 줄 알았던 아이는 의외로 곧바로 대답한다.

"좋은 엄마가 있어서 감사해요."

내가 또 이어받아 말했다.

"아이들과 잘 놀아주는 자상한 남편이 있어서 감사해요."

"귀여운 동생이 있어서 감사해요."

아마도 아이가 행복이 뭔지 스스로 깨닫게 되는 날이

나보단 훨씬 일찍 찾아올 것 같다.

행복한 도도맘

네이버 검색창에 '행복'이라는 검색어를 입력하니 '행복한 도도맘'이라는 연관 검색어가 뜬다. '행복한 도도맘'이라면 얼마 전 유명 정치인과의 불륜 스캔들로 시끄럽던 '럭셔리 블로거'가 아닌가? 슬며시 호기심이 생겨 들어가 보게 되었다. 비난 댓글을 우려해서인지 모든 포스팅에 댓글창은 닫혀 있고 공감창만 열려 있다.

한 포스팅이 눈에 들어온다. 스캔들 해명 인터뷰에 나와 입었던 의상들에 관한 포스팅이였다. 미스코리아 출신답게 출중한 외모와 럭셔리한 패션이 시선을 끌어당긴다. 방송 출연 당시 입었던 6벌의 재킷 가격만 2000만 원이 넘는다는 친절한(?) 설명이 쓰여 있다. 이 포스팅에 공감 600개가 넘는다니 놀라울 따름이다.

그녀는 어떤 사람일까 궁금해져 다른 포스팅도 둘러보았다. 정치에 관심이 많은듯 정치에 관한 의견을 피력한 글들도 있고, 한 끼에 100만 원이 넘는 식사와 한 병에 500만 원이 넘는 와인에 관한 포스팅도 보인다. 굳이 제품의 가격표와 식사 영수증을 찍어 사진까지 올리는 의도가 뭘까 궁금해진다. 사람마다 행복의 기준이 다르고 추구하는 삶의 목적도 다르니 나는 그녀의 삶을 비난할 의도도 없고, 그럴 자격도 없다고 생각한다. 다만 그녀와 그녀의 댓글에 폭풍 공감을 누른 사람들에게 한 가지 궁금증이 생긴다.

"Are you happy?"

블로그 이름처럼 충분히 행복하고 만족스러운 삶을 살고 있다면 상관없지만, 혹시 그렇지 않다면 삶의 방향에 대해 한 번 진지하게 고민해 볼 필요가 있지 않을까? 이 글을 읽고 누군가는 "너나 잘하세요"라고 말하고 싶어질 지도 모르지만-

—

블로그에 위의 글을 쓴 후 얼마 지나지 않아 SBS 스페셜 제작진으로부터 한 통의 메일을 받았다. 〈럭셔리 블로거의 그림자〉라는 방송을 방영 예정인데 내가 블로그에 올렸던 '행복한 도도맘'이란 글의 마지막 부분을 인용하고 싶다고 했다. 방송 의도와 일치해서 꼭 허락을 받고 싶다고 했다. 놀랍게도 내가 궁금해하던 바로 그 질문을 제작진이 대신 해준 셈이다.

방송엔 두 명의 럭셔리 블로거 '도도맘'과 '핑크마미'가 등장한다. 돈과 명품에 환호하는 사람들의 심리를 이용하여 블로그로 인기를 누리다가 현재 블로그로 고통을 겪고 있는 그 이면의 이야기를 나누며 우리 모습을 반추해 보는 내용이었다. 내레이션으로 인용된 내 글이 깔린다.

사람마다 행복의 기준이 다르고
추구하는 삶의 목적이 다르니
나는 그녀의 삶을 비난할 의도도 없고
그럴 자격도 없다고 생각한다.
다만 그녀와 그녀의 글에
폭풍공감을 누른 사람들에게 한 가지 궁금증이 생긴다.

"Are you happy?"

행복해지는데 돈이 중요하지 않다는 이야기를 하려는 것이 아니다. 부자가 되면 저절로 행복해지는 건 아니라는 걸 말하고 싶었다. 돈이 주는 일시적인 만족감이 행복이라는 착각에 빠지게 되면 더 큰 부를 쫓느라 바빠 지금 이 순간 음미해야 할 진짜 행복들을 미루고 또 미루며 살아가게 된다.

행복은 어디에서 오는 것인지 행복의 의미를 먼저 명확히 알게 된다면 물질적인 풍요로움에서 오는 기쁨도 제대로 누릴 수 있게 된다.

내면세계에 기적이 일어나다

내가 살면서 가장 힘들었던 사건은 무엇이었을까?

생사를 넘나들 만큼 심각한 교통사고도 없었고

생계를 위협받을 정도의 경제적인 어려움도 없었다.

늘 중간 정도의 인생을 살았기 때문에

인생 최고점에서 추락하는 고통 또한 경험해 본 적 없다.

드라마틱한 경험 없이 그저 남들 겪는 정도의 불행을 겪은 것 같다.

술주정이 심한 아버지가 무서워 밤마다 두려움에 떨던 일,

초등학생 시절 친구들로부터 따돌림을 당했던 일,

사랑하는 마음은 알고 있었지만 늘 걱정 많고 답답한 엄마,

공부를 잘하고 싶은데 머릿속이 온통 잡념으로 가득 차 있어

괴로웠던 일,

그러나 내가 인생에서 가장 힘들었던 이유는 어떤 사건이 아니라

자주 우울해지고 쉽게 죽음을 떠올리곤 했던 허약한 내 마음,

우울한 내면세계였다.

크게 나아질 것 같진 않았던 내 인생,

그래서 미래의 모습 또한 뻔해 보였던 내 인생이 달라지고 있다.

난생 처음 내면의 지극한 평화와 고요함을 경험하게 되었다.

불평불만이 줄어들고, 걱정과 근심이 사라졌다.

삶의 순간순간 감사할 거리를 찾게 되었다.

내면의 목소리가 들리기 시작했다.

나를 힘들게 하는 타인을 볼 때 미움 대신 연민의 마음이 생긴다.

무기력하고 초라하게만 보였던 나 자신이 더없이 사랑스럽게 느껴진다.

힘든 순간이 찾아와도 그 속에서 무엇을 배울지 생각하게 되었다.

내가 아닌 남을 기쁘게 하는 것이

얼마나 행복한 일인지 깨닫게 되었다.

타인과의 비교를 멈추고 나 자신의 성장에 집중하게 되었다.

봄바람이 전해주는 꽃향기에 취할 때,

티 없이 해맑은 표정으로 밝게 웃는 아이의 모습을 볼 때,

두 팔을 휘저으며 춤추는 아이의 재롱에,

영혼이 안내해준 책을 읽고 전율하는 그 순간에,
고요하게 침묵하는 혼자만의 시간에
순간의 행복을 깊이 음미할 줄 알게 되었다.

변화는 나조차 의식하지 못할 정도로 천천히 찾아왔다.
내면세계가 바뀌자 외부세계도 서서히 변하고 있다.
문득 이런 생각이 들었다.

'어떻게 나에게 이런 행운이 오게 되었을까?'

처음엔 감사일기를 일 년간 꾸준히 써온 덕분이라 생각했다.
감사일기가 내면의 기적을 일으키는데
증폭제 역할을 한 것은 분명하다.

하지만 그것이 다는 아니었다.
감사일기가 좋다는 것을 알면서도
어떤 이는 감사일기를 시작조차 못하고
어떤 이는 그것을 이어나가지 못하고 포기하는 것을 보면
이면에 무언가 다른 것이 있을 것이란 생각이 들었다.

그에 대한 해답일까?
얼마 뒤 우연히 만난 책 속 한 구절.

행복을 증진시키는데 주의를 기울이고 시간을 투자하는 것은 '다이어트'나 '운동'과 유사하다. 불행히도 사람들 대부분은 행복의 수준을 올리는 것보다는 어떤 차를 살까 계획하는 일에 더 많은 에너지를 쏟아붓는다.

– 《이유 없이 행복하라》 中 –

내가 남들과 다른 점이 있었다면 수시로 찾아오는
우울한 마음을 방치하지 않고
벗어나기 위해 발버둥 치듯 노력했다는 점이다.

우울한 기분에서 벗어나기 위해
긍정의 기운이 담긴 책을 늘 가까이했다.
이십 대 초반부터 기울였던 꾸준한 노력이
결국은 행복 수준을 올리기 위한 노력이었던 셈이다.

하지만 온 힘을 다해 노력하지는 않았다.
만일 내가 좋은 직장을 잡기 위해, 좋은 집을 사기 위해
기울였던 것만큼 행복해지기 위해 더 노력했다면 어땠을까?
지금의 평화와 행복을 훨씬 더 빨리 찾을 수 있지 않았을까?

내 마음을 토닥여주세요

쫓기듯 살아가는 일상 속에서
우리는 타인의 감정을 살피느라 바빠요.
회사에 출근하면 직장 상사 기분을 살펴야 하고
주부들은 자녀와 남편의 기분이 어떤지 늘 신경 쓰이죠.

이렇게 하루 종일 타인의 감정을 살피면서
정작 나 자신의 감정 상태에 대해서는
얼마나 관심이 있나요?

타인을 바라보듯 내 마음 상태에 예민해져 보세요.

하루 중 시간을 내어 내 마음을 바라볼 시간이 필요하답니다.

지금 내가 어떤 마음인지 살펴봐주세요.

기분 좋은 상태에 머물러 있지 않다면

왜 그런지도 한번 물어봐 주세요.

힘들 때 누군가가 내 이야기를 들어주는 것만으로도

큰 힘을 얻곤 하잖아요.

내 스스로 감정을 공감해주고 알아주고

왜 기분이 좋지 않은지 관심을 가져 주는 것만으로도

기분이 한결 좋아진답니다.

그리고 한마디 덧붙여 주면 좋고요.

"그랬구나. 참 힘들었겠다."

당신의 마음은

당신의 작은 토닥임을 기다리고 있답니다.

타인이 해주는 위로보다 더 큰 위로가 되거든요.

아마 힘들었던 마음도 슬며시 미소 짓게 될 거예요.

하나뿐인 수건

지금은 종영된 토크쇼지만 유명 인사들의 속 깊은 이야기를 들을 수 있는 〈힐링캠프〉를 한때 열심히 시청했었다. 그중에서도 가수 이효리 편이 특히 기억에 남는다. 최고의 인기를 누리던 때 자신이 프로듀스싱한 음반이 6곡이나 표절 판정을 받게 되고, 많은 이들의 질타를 받게 된다. 그렇게 그녀는 인생 최고점에서 추락하는 고통을 겪으며 내면의 자아를 만나게 된다. 그 후 과거와 180도 다른 인생을 살게 되었다는 고백이 무척 인상적이었다.

화려한 그 시절에 그녀는 값비싼 명품 가방과 명품 옷들로 온몸을 휘감고 지냈는데 정작 집에서 샤워하고 몸을 닦을 수건은 달랑

한 장뿐이었다고 한다. 게다가 통장에 돈은 넘쳐나는데 쌀통에 쌀은 없고 냉장고는 늘 텅텅 비어 있었다고. 모든 사람의 부러움을 사던 그 시기에 가장 행복해야 할 그녀는 왜 그런 모습으로 지내왔을까? 팬들이 기대하는 모습, 그들에게 보여주고 싶은 모습만 생각하며 겉모습을 화려하게 꾸미는데만 치중하느라 정작 가장 소중한 자기 자신을 사랑할 줄 몰랐기 때문이다.

곰팡이가 피어오르기 시작한 수건이 눈에 들어온다. 곰팡이가 핀 수건으로 몸을 닦고 있었다니-. 집 안에 수건이 달랑 하나밖에 없었다던 이효리의 고백이 문득 떠오른다.
들통을 꺼내 세제와 과탄산소다를 뿌리고 팍팍 삶았다. 말끔해진 수건을 바라보니 속이 다 후련하다. 찝찝했던 그 마음까지 다 씻겨 나간 듯하다.

나는 무슨 일을 하느라 바쁘게 지내고 있을까?
나 자신을 위한 시간을 내는 것.
타인의 기대에 부응하느라 바빠
더 중요한 것들을 놓치지 말자고 다짐해본다.

나를 소중하게 여기는 일들에 더 시간을 내자.

유재석의 말하는 대로

두 아이를 키우며 살림을 하고 짬짬이 시간 내어 글을 쓰느라 바빠 TV는 거의 안 보지만 〈무한도전〉 만큼은 꼭 챙겨 본다. 그날 프로그램의 주제는 '유재석처럼 살기 VS 박명수처럼 살기'였다. 당신이라면 유재석이나 박명수 둘 중 누구처럼 살고 싶은지 선택하는 SNS 설문조사에 55:45로 박명수처럼 살고 싶다는 의견이 더 많았다.

왜 그랬을까? 댓글 의견들을 살펴보면 유재석처럼 사람들에게 친절하게 살면 피곤할 것이고, 박명수처럼 할 말 다 하며 화내고 살면 마음이 참 편할 것 같다는 의견이 많았다. 박명수처럼 살면 과연 마음이 편할까? 반면에 유재석처럼 사는 게 피곤한 일일까?

박명수는 자기처럼 살면 편할 것 같지만 실제로는 스트레스를 많이 받는다고 고백했다. 반면에 유재석은 자신은 착하게 살려고 하는 게 아니라 행복하니까 저절로 그렇게 나오는 것이라고 말했다. 함께 방송을 시청했던 사람들 중 두 사람의 진심이 담긴 이야기를 놓치지 않고 귀담아 들었던 사람이 얼마나 될까?

많은 사람들의 감탄과 동경의 대상인 유재석.
늘 주변 사람들에게 귀감이 되는 그에겐
'유느님'이라는 애칭까지 따라다닌다.
하지만 사람들은 그를 동경하면서도 자신이 유재석처럼
친절하게 사는 것은 불가능하다고 단정 지어버린다.

"제가 원래부터 이랬던 게 아닙니다.
저도 세상에 대한 불만,
나보다 잘된 사람에 대한 질투로
시간을 허비하던 때가 있었어요.
어느 날 '행복하다 감사하다'고 마음가짐을 바꾼 후부터
기가 막히게 일이 잘되기 시작했어요."

유재석씨처럼 친절한 사람이 되고 싶은데
잘 안 된다는 후배의 고백에 유재석이 전한 말이다.
감사하기로 행복하기로 마음먹었기 때문에
그때부터 성공이 따라왔다고 힘주어 말한다.

마음이 닫혀 있는 사람들에게는

흔해 빠진 말이라 그냥 흘릴 법한 이야기이다.

말하는 대로 될 수 있단 걸

눈으로 본 순간 믿어보기로 했지.

마음먹은 대로, 생각한 대로

할 수 있단 걸 알게 된 순간 고갤 끄덕였지.

– 말하는 대로 中 –

그의 노래 '말하는 대로'에는 행복의 비밀이 담겨 있다.

그가 마음을 담아 전하는

'작지만 놀라운 깨달음'의 이야기에

온 마음을 열어보자.

영혼에 눈뜨게 된다면

"이제까지 난 포스트잇이 시키는 대로 살았어.
고단한 삶을 견뎌내는 이들에게 꿈 얘기만 하며 반쪽짜리 강의를 해서 미안해."

올 초 〈김미경의 톡앤쇼〉에서 김미경 원장이 눈물을 흘리며 했던 고백이다. 그녀는 3년 전 인생의 최고점에서 추락한 후 다시는 강의를 할 수 없을지도 모른다는 두려움에 사로잡혀 고통 속에서 헤맨다.

괴로움을 달래보려고 미친 듯이 걷고 또 걷던 어느 날
'그러냐? 사랑한다'는 내면의 소리를 듣게 된다.

극심한 고통으로 에고가 힘을 잃은 덕분에
진짜 자아가 눈을 뜬 것일까?
그녀는 그 음성을 듣는 순간 두려움이 사라지고 평온해졌다고 말한다.
꿈의 머슴으로 살며 오직 성취하는 것에만 관심 있던 그녀는
그때부터 탄생이 좋아하는 일을 찾아 나서기 시작한다.

"영혼에 눈뜬 사람들은 알아. 꿈이 시키는 일만 하던 사람이
영혼이 좋아하는 일을 하게 되거든. 타인을 돕는 일이 왜 나를 돕는
일인지 비로소 깨닫게 되지."

김미경 원장은 영혼이 좋아하는 일을 시작했다. '리리킴'이라는 비영리 패션브랜드를 만들고 직접 디자인하고 제작한 옷을 판매해 수입금으로 미혼모와 그 아이들을 돕고 있다.
가치 있는 꿈을 향해 걷기 시작한 그녀가
앞으로 사람들에게 어떤 감동을 전해줄지 기대된다.

성공이 행복인 줄 알았다

"행복이란 무엇인가?"

이 질문에 당황하지 않고 자신 있게
대답할 수 있는 사람이 얼마나 될까?
혹시 막연히 부와 명예를 얻으면
행복이 뒤따라올 거라 믿고 있지는 않은가?
많은 사람들이 그런 착각 속에 빠져
지금 이 순간 반짝이는 행복들을
음미하지 못한 채 하루하루
무언가에 쫓기듯이 살아가고 있다.

"성공이 행복인 줄 알았다."

CEO 컨설턴트 이종선 씨가

자신의 저서를 통해 고백한 말이다.

그녀는 '열심히' 일하며 살고 있다는 사실로

자신을 위로하며 멈춘 적이 없었기에

'제대로' 사는 방법에 대해서는 생각해 본 적이 없다고 한다.

그렇게 정신없이 달리다 결국 건강에 탈이 나서

20년 만에 처음으로 안식년을 맞게 된 후

비로소 인생에서 놓친 것들이 하나하나 보이기 시작했다고 한다.

그리고 인생의 성공과 행복에 대해

일찍이 제대로 이해하고 살아온 사람들을 들여다보면서

그들을 닮고 싶고, 그들의 이야기를

많은 사람들과 함께 나누고 싶었다고-

《따뜻한 카리스마》, 《멀리 가려면 함께 가라》

뜨겁게 사랑받았던 전작들에 비하면

《성공이 행복인 줄 알았다》는 아쉽게도 큰 관심을 받지 못했다.

전작들보다 더 넓은 의미의 성공인

행복에 대해 이야기하고 있음에도

독자들의 관심을 받지 못한 이유는 뭘까?

행복해지려면 일단 '성공이 먼저'라는

생각에 사로잡혀 행복을 미루기만 하는

안타까운 우리의 현실을 보여주는 결과가 아닐까?

성공의 절정을 맛본 이들 중 상당수가
성공은 행복이 아니었노라고 고백하며
자신이 얻은 깨달음을 나눠주고 싶어 한다.
하지만 사람들은 도통 관심이 없는 듯하다.
그들이 건강을 잃거나, 명예나 재산을 잃거나
무언가를 잃기 전에 깨달을 수는 없을까?

무언가를 다 이루고 나면
그때는 행복이 찾아오겠지라는
막연한 기대감에서 벗어나
자신의 내면을 들여다봐야 한다.
자신이 언제 행복한 감정을 느끼는지에
관심을 기울여야 한다.
행복은 외부의 조건이 그럴듯하게 갖춰졌을 때
저절로 찾아오는 것이 아니다.

'행복이란 뭘까?'

스스로 행복의 정의를 내려 보자.
행복은 거기서부터 시작된다.

행복이 가장 먼저다

얼마 전 초등학교에 입학한 딸아이의 교육 문제로 엄마와 이런저런 이야기를 하다가 제 학창 시절 이야기가 나왔습니다. 엄마는 학창 시절 제가 성적이 뛰어나지 않았던 이유를 충분하지 않았던 사교육에서 찾고 계셨습니다. 그러면서 손녀딸 영어 공부가 늦어지는 것에 조급해 하셨습니다. 집에 다녀가신 뒤에도 카톡으로 긴 대화를 나누었습니다.

"엄마가 아파서 너 어릴 때 신경 못 써주고, 네 오빠만큼 과외를 못 시켜준 게 후회가 돼서 그래."
"아니야. 엄마가 기억 못해서 그렇지 나도 과외 많이 했었어. 내가 공부 잘하고 싶어서 얼마나 노력을 많이 했는데-. 책상에 앉으면 머릿속에 잡념이 가득해서 공부를 할 수가 없었어. 아빠 술주정으로 매일 우울하고. 그때 내가 마음이 행복했으면 과외 같은 거 안 받고도 공부 잘했을 거야."

행복해지기 위해
좋은 대학, 좋은 직장,
좋은 차와 집이 필요한 것이 아닙니다.
그 모든 것을 이루려고 노력하기 전에
지금 이 순간 행복해져야 합니다.
먼저 행복해지면 그 모든 것들이
오히려 쉽게 뒤따라옵니다.
내 주변에 맴도는 행복을 발견하고
내 마음을 조화롭게 만드는 일에 최우선으로 노력해보세요.
행복이 가장 '먼저'입니다.

다시 태어나면 뭐가 되고 싶니?

잠들기 전 여덟 살 딸아이와 동화책을 읽는 시간은 오롯이 아이와 둘이서 가질 수 있는 소중한 시간이다.

그런데 아이와 동화책을 읽으면서 오히려 내가 깨달음을 얻을 때도 많다. 조앤 롤링의《세상에서 가장 재밌는 일》이라는 동화책을 읽어 주면서 아이에게 이렇게 말했다.

"엄마는 다시 태어나면 조앤 롤링처럼 글을 쓰는 작가가 되고 싶어."

무심코 내뱉은 말에 스스로 놀랐다. 한 번도 작가가 되고 싶다는 생각을 한 적이 없어서다. 내 안에 그런 소망이 숨어 있는 줄조차 몰랐다.

왜 나는 그때 딸아이에게 '다시 태어나면'이라는 말을 붙여서 말했을까? 글재주를 타고나지 않았기 때문에 다시 태어나지 않고서는 도저히 이룰 수 없는 꿈이라 마음속에서 이미 결론 내리고 있었기 때문이다. 그날 나도 의식하지 못했던 내면에서 꿈틀거림과 처음 마주하게 된 것이다.

그로부터 얼마 뒤 책을 100권 이상 썼다는 작가의 책을 우연히 읽게 되었다. 그 사람은 타고난 글재주가 없어 처음에 원고지 몇 장을 쓰는 일도 몹시 어려워했다고 했다. 책을 읽으면서 가슴이 뛰기 시작했다.

'필력이 타고나지 않은 사람도 글을 쓸 수 있구나. 이 사람도 책을 100권 이상 썼다는데 나도 책을 쓸 수 있지 않을까?'

그렇게 스스로 깨닫고 나니 모든 게 달라졌다. 30대 중반을 넘긴 나이까지 단 한 번도 제대로 된 글을 써본 적 없던 내가 글쓰기를 시작했고, 현재 '세상에 행복을 전하는 글을 쓰겠다'는 꿈을 품으면서 글쓰기는 나에게 '세상에서 가장 재미있는 일'이 되었다. 그렇게 '세상에서 가장 재미있는 일'을 찾고 나는 다시 한 번 자신에게 질문을 하였다.

'다시 태어난다면 이루고 싶은 꿈이 뭐니?'
또 한 번 내면이 꿈틀거렸다.

'연기자가 되고 싶어.'

대학 시절 포기했던 내 꿈이었다.

빼어나지 않은 외모,

제대로 배워본 적도 연기,

당장 취업해서 돈을 벌어야 하는 내 처지,

그 시절 연기자라는 꿈을 포기해야 할 이유는 수없이 많았다.

하지만 꿈을 포기하게 만드는 그 모든 이유는

스스로 만든 한계라는 것을 깨달았기 때문에

나는 이제 그 어떤 꿈을 품는 일도 주저하지 않게 되었다.

그저 내 영혼이 원하는 일이라면 그 어떤 소망이라도 품고

기쁘게 걸을 수 있는 사람이 되었다.

꿈이 뭔지 몰라서 고민이라면

지금 나에게 한번 질문해보자.

내면에서 꿈틀거리는 그 마음의 소리가

현생에서 꼭 이루어야 할

당신의 간절한 꿈이자 소명이다.

"다시 태어난다면 뭐가 되고 싶니?"

자아의 신화를 찾아서

소심하고 내성적이었던 어린 시절부터 내 꿈은 가수, 연기자 같은 화려한 직업들이었다. 남들 앞에 나서서 주목받고 싶은 욕망이 컸던 탓일까? 졸업 후 평범한 직장생활을 시작하면서 화려했던 꿈들은 포기했지만 여전히 타인에게 인정받고 싶은 욕구, 성공에 대한 열망은 언제나 마음 한편에 자리 잡고 있었다.

"책을 써서 작가, 강연가, 1인 기업가로 성공하라."

책을 써서 성공하라는 책쓰기 강사의 달콤한 유혹은 잠자고 있던 에고의 욕망에 활활 불을 붙였다. 뭘 써야 할지도 모르면서 당장 책을 쓰지 않으면 성공할 기회를 눈앞에서 놓치는 것 같아 마음이 초조해지고 조급해졌다. 그렇게 한순간에 작가의 꿈은 그저 '내 성공을 위한 발판'으로 전락해버렸다.

2015년 봄, 블로그를 시작할 때까지만 해도 난 그런 에고의 욕망에 사로잡혀 있었다. 그 꿈을 이루는데 도움이 될 것 같아 블로그도 시작했다. 방문자 수를 늘리기 위해 처음에는 사회적 이슈나 검색이 잘될 만한 정보성 위주의 글을 올렸다.
6개월이 지나 블로그가 최적화되고 난 뒤부터는 쓰고 싶은 글들을 하나씩 올리기 시작했다. 내가 읽었던 책 리뷰를 올리기도 하고, 내가 생각하고 느낀 점들을 하나씩 올렸다.
도움이 되었다는 이웃들의 댓글이 하나둘 달릴 때마다 기분이 묘하고 뿌듯했다. 그 댓글 하나하나가 평범했던 나를 가치 있는 사람으로 만들어 주는 느낌이 들었다.
나는 더 열심히 사람들에게 도움이 될 만한 글을 쓰고 싶어졌다. 어떻게 하면 내 글이 세상에 긍정적인 영향을 줄 수 있을지 행복한 고민을 하기 시작했다. 그렇게 '나'를 위해서가 아니라 '타인'을 위해 글을 쓰기 시작하니, 글 자체가 달라지고 블로그 이웃들의 반응도 달라졌다. 내 글을 읽으면 마음이 편안해지고 행복해진다는 분들이 생겨났다. 내 글을 읽고 감사일기를 시작하면서 내면의 변화가 찾아왔다는 글들도 이어졌다. 그런 댓글들을 볼 때마다 기쁨이 샘솟기 시작했고 자연스럽게 글 속에 더 큰 행복이 녹아들기 시작했다.

그리고 놀랍게도 책을 써서 강사로 성공하고 싶다는 욕망이 슬며시 사라졌다. 대신 꾸준히 글을 써서 더 많은 사람들에게 행복을 전하고 싶다는 간절한 마음은 점점 커져갔다.

같은 꿈을 꾸더라도

시선이 오직 나로 향해 있을 때

그것은 그저 꿈에 불과하다.

그러나 내가 아닌 타인과 공동체를 바라보기 시작할 때

그것은 그냥 꿈이 아니라 '삶의 목적'으로 진화한다.

오직 나만을 바라보던 시야를 온 세상으로 넓혀보자.

나의 재능으로

이 세상을 어떻게 기쁘게 할 수 있을지를 고민해보자.

그때부터 자아의 신화를 찾아 떠나는 진짜 여정이 시작된다.

무언가를 다 이루고 나면
그때는 행복이 찾아오겠지라는
막연한 기대감에서 벗어나
자신의 내면을 들여다봐야 한다.
자신이 언제 행복한 감정을 느끼는지에
관심을 기울여야 한다.
행복은 외부의 조건이 그럴듯하게 갖춰졌을 때
저절로 찾아오는 것이 아니다.

같은 꿈을 꾸더라도
시선이 오직 나로 향해 있을 때
그것은 그저 꿈에 불과하다.

그러나 내가 아닌 타인과 공동체를 바라보기 시작할 때
그것은 그냥 꿈이 아니라 '삶의 목적'으로 진화한다.
오직 나만을 바라보던 시야를 온 세상으로 넓혀보자.

나의 재능으로
이 세상을 어떻게 기쁘게 할 수 있을지를 고민해보자.
그때부터 자아의 신화를 찾아 떠나는 진짜 여정이 시작된다.

02

감사의 분량은 행복의 분량

감사의 분량은 행복의 분량이다.

- 마하트마 간디 -

오프라 윈프리의 감사일기

확신하건데, 매일 짧게나마 짬을 내어 감사한다면,
크게 감탄할 만한 결과를 맛보게 될 것이다.

– 오프라 윈프리의 《내가 확실히 아는 것들》 中 –

2015년 봄, 오프라 윈프리의 《내가 확실히 아는 것들》이라는 책을 읽게 되었다. 그녀는 '감사하며 살아가는 것'의 힘과 즐거움을 이야기하며 10년 동안 빼놓지 않고 감사일기를 써왔다고 말했다. 그 당시 '난 성공하고 싶다'는 강한 열망에 휩싸여 있을 때였고, 아마 그녀가 누리는 부, 명예, 영향력 그 모든 것들을 동경하고 있었기에 감사의 힘에 관심을 갖게 되지 않았을까 싶다. 그녀처럼 감사일기를 꾸준히 쓰면 내가 원하는 꿈들에 다가가고 내가 원하는 세계가 펼쳐지지 않을까 하는 막연한 기대감으로 그렇게 감사일기를 쓰기 시작했다.
감사일기를 쓴지 6~7개월이 지날 무렵부터 내면의 변화가 감지되기 시작했다. 예전엔 좀처럼 어렵게 느껴지던 책 속 행간의 의미가 이해되었고, 내 가슴을 세차게 뛰게 하는 운명의 책들이 다양한 방법으로 다가오기 시작했다. 그리고 우연의 일치라 불리는 '동시성의 순간'(고민하던 문제에 대한 답을 우연히 펼친 책장에서 발견하거나, 내 일에 필요한 조력자를 우연히 만나게 되거나, 갑자기 떠오른 친구에게 그 순간 전화가 걸려오는 것처럼 '우연의 일치'처럼 보이지만 어떤 초월적인 힘과 연결되어 있다는 것을 인식하게 되는 것을 말한다. 우연의 일치라는 사건 뒤에는 숨은 의미가 있고, 그 숨은 의미는 우리 자신의 발전을 돕는다)을 일상에서 자주 경험하기 시작했다.

감사일기는 내가 원하는 꿈을 이루고 성공한 삶을 살고 싶다는 목표에서 시작했지만 '감사의 힘'은 그보다 훨씬 더 위대한 세계로 안내했다. 좁은 곳에 갇혀 있던 시야가 넓은 우주로 확대되고, 사물의 이치를 하나씩 깨우쳐 가면서 그녀의 예언처럼 내 눈앞의 세계가 완전히 변하기 시작했다.

불평불만이 사라지다

난 참 불평불만이 많고 부정적인 사람이었다. 꿈에 대한 미련을 버리지 못한 채 대학 졸업과 동시에 떠밀리듯 시작한 직장생활은 도무지 마음에 들지 않았다. 대부분의 회사원들처럼 월급 받는 만큼만 일했던 것 같다. 모처럼 약속 있는 날 상사의 퇴근시간이 늦어질까 조마조마하고, 어쩌다 쉬는 날 출근이라도 하는 날엔 속상하고, 몸과 마음이 지쳐 매일매일 언제쯤 회사를 그만둘 수 있을까 하던 시절이 있었다.

엄마가 되어 식구들의 삼시세끼를 챙겨주다 보니 엄마가 해주는 따뜻한 밥 먹으면서 출퇴근했던 그때만큼 몸이 편했던 시절도 없었다는 생각이 든다. 지금 생각해보면 그 시절 참 어리고 철이 없었다.

지금은 마음가짐 자체가 많이 달라졌다. 늘 마음의 힘을 키우는 책을 가까이 하려 애쓴 덕도 있을 테고, 흘러가는 세월 덕에 저절로 인생 공부를 한 덕도 있을 것이다. 정신적으로 성숙해지고 풍요로워졌음을 느낀다.

특히 행복해지는 가장 쉬운 방법이 '감사하기'라는 것을 깨닫고 실천한 후 많이 달라졌다. 불평불만이 사라지고 만족감, 행복감, 고마움, 풍요로움이 찾아오기 시작했다. 주변 사람들과 나를 비교하며 불행해하는 어리석은 행동도 더 이상 하지 않는다. 오롯이 나의 행복에 집중할 수 있게 되었다.

"작은 것에 항상 감사하며 살아. 그게 행복이야."

누군가 이런 말을 할 때면 '저 사람 참 답답한 소리한다'고 생각했던 시절도 있었는데-. 요즘은 내가 주변 사람들에게 '감사의 힘'에 대해 전파하고 있다. 처음부터 매사에 감사한 마음을 갖는 것은 생각만큼 쉽지 않았다. 감사일기를 쓰며 매일 조금씩 훈련했기에 감사가 어느새 습관으로 자리 잡힐 수 있었다.

15. 09. 12 감사일기

코끝을 스치는 상쾌하고 시원한 아침 바람을

음미할 수 있음에 깊이 감사합니다.

천사 같은 아이의 보드라운 뺨을 실컷 부비며

사랑을 나눌 수 있어서 감사합니다.

바쁜 일상 중에도 달콤한 차 한잔의 여유를 누릴 수 있음에
감사합니다. 고맙습니다.

블로그 이웃님들의 따뜻한 댓글에 기분이 좋습니다.
감사합니다.

불평불만이 사라지고 감사함으로 채우는 하루에 감사합니다.

비딱해지는 시선 바로잡기

남편이 저녁 운동을 마치고 집에 들어오며 커피를 잔뜩 사왔다.

늘 봉지에는 아이들 간식만이 가득했는데

오늘은 내가 좋아하는 커피로 가득 차 있으니 기분이 참 좋다.

"이거 나 먹으라고 산 거야?"

"응, 실컷 마셔."

동네 슈퍼에서 사온 커피 한 꾸러미에 이런 큰 감동이 오다니-

화려한 꽃다발도 아니고, 명품 가방도 아닌데 말이다.

사소한 일에 자주 욱 하고,

늘 계획한 대로 움직여야 직성이 풀리는
'플랜맨' 남편의 성격이 피곤해서
'내가 도대체 저 사람과 왜 결혼했을까?'
라는 생각을 예전엔 종종 했었다.

하지만 감사일기를 쓰고 관점이 바뀌었다.
남편의 단점보다 장점에 주목하기 시작한 것이다.
과거엔 남편이 가진 수많은 장점은 당연하게 여기고,
단점 몇 가지를 붙잡고 매일 씩씩거리며 화를 냈다.
하지만 이제 우리 관계의 문제는 남편이 아니라
가끔씩 삐딱해지는 나의 시선에 있었다는 것을
이제야 깨닫게 되었다.

국 없이도 밥 잘 먹어줘서 고마워.
반찬 한두 개도 간신히 만드는데 국까지 매일 끓였으면
정말 힘들었을 거야.

주말마다 화장실 청소해줘서 고마워.
화장실 청소해주는 남편 별로 없더라.

아이들과 주말에 잘 놀아줘서 고마워.
막내가 아빠랑 노는 걸 훨씬 좋아해서 정말 다행이야.

술을 잘 못 마셔서 고마워.

술주정 안 하는 남편과 살 수 있어 정말 다행이야.

늘 열심히 일해줘서 고마워.

육아에만 신경 쓰며 내가 좋아하는 글을 쓸 수 있는 건

당신 덕분이야.

가끔씩 삐딱해지는 나의 시선만 바로잡으면 된다.

그러면 세상은 온통 고마운 것 투성이다.

반짝이는 일상

우린 10년 차 부부이다. 결혼 1주년에는 푸켓으로 여행을 다녀왔고, 그 후 몇 년 동안은 잘 기억나지 않지만 작은 선물을 주고받거나 이벤트를 준비하는 등 결혼기념일을 챙겼던 것 같다. 그러다 두 아이의 임신, 출산, 육아라는 시간을 보내며 결혼기념일을 서로 깜빡 잊고도 '그럴 수도 있지 뭐' 하고 쿨하게 넘기는 경지(?)에 이르렀다. 작년에도 정신없이 바쁘게 사느라 그냥 지나쳤었는데 웬일인지 올해는 남편이 일주일 전부터 기념일을 챙겼다.

"우리 그날 에버랜드 갔다가 저녁엔 빕스에서 식사하는 거 어때?"

남편의 계획대로 아이들 짐을 부지런히 챙겨서 이른 아침부터 오후 늦게까지 에버랜드에서 시간을 보내고 빕스에서 저녁식사를 했다.

케이크도 없었고 작은 선물 하나 서로 준비 안 했으니 어찌 보면 그냥 평범한 여느 하루와 다를 바 없었다. 그런데 집으로 돌아오는 차 안에서 큰 딸아이가 이렇게 물었다.

"엄마, 집에 가서 TV 조금만 봐도 돼?"
"그래. 조금만 봐야 해."
"(몹시 기뻐하며) 예스!!! 오늘은 정말 행운의 날이야. 하루 종일 슬픈 일이 하나도 없었어."

딸아이의 이야기에 문득 남편과 내가 오늘 짜증 한 번 없이 내내 아이들과 즐거운 시간을 보냈다는 것을 깨달았다. 평범한 하루로 지나칠 뻔했던 하루가 아이의 한마디를 추억하며 오래도록 기억에 남을 결혼기념일이 될 것 같다.

15.10.14 감사일기

그 어느 때보다 맑고 따스한 가을날의 날씨 덕분에
즐거운 나들이를 할 수 있어서 고맙습니다.
가을 하늘보다 더 아름다운 두 아이의 해맑은 웃음에
참 고맙습니다.
에버랜드 마다카스카 공연을 보면서 가슴 뛰는 설렘과 기쁨을
느낄 수 있어서 고맙습니다.

입에서 살살 녹는 안심 스테이크와 담백한 연어 샐러드를

먹게 해주셔서 고맙습니다.

남편이 두 아이 목욕을 짜증 한 번 안 내고 시켜줘서

고맙습니다.

자주 욱 하던 남편이 점점 다정하고 온화한 사람으로

변하고 있음에 고맙습니다.

끈기가 부족했던 내가 감사일기를

6개월째 꾸준히 쓰고 있음에 고맙습니다.

감사일기를 쓰면 쓸수록 감사할 일들이 쏟아져서 감사합니다.

감사로 물들다

감사일기를 쓰는 법은 어렵지 않다.

감사할 거리를 떠올리며 하나씩 써 내려가면 된다.

숨 쉴 수 있는 공기, 물 한잔 같은 자연에 대한 고마움부터

가족, 친구, 이웃에게 전하는 고마움 그리고 사물, 공동체 등

내 눈앞에 펼쳐져 있는 세상의 모든 것들은 감사일기의 소재가 된다.

감사일기를 꾸준히 쓰다 보면 나 자신에 대한 고마움과

눈에 보이지 않는 세계에 대한 고마움도 생긴다.

하지만 평생 감사할 줄 몰랐던 사람들은

처음에 몇 가지를 적는 일이 쉽지 않다.

게다가 꾸준히 쓰는 일에는 더 큰 어려움을 느낀다.

하지만 단 한 줄이라도 꾸준히 쓰는 게 중요하다.

너무너무 피곤해서 그냥 잠들고 싶어도

'딱 한 줄만 쓰고 자야지'

라는 마음으로 일기장을 펼쳐보자.

하나만 쓰겠다고 마음먹으면 두세 개도 쓸 수 있다.

감사일기를 써야겠다고 마음먹기도 쉬운 일이 아니지만

꾸준한 습관으로 만들기는 더 어렵다.

변화를 싫어하는 잠재의식의 저항이 거세기 때문이다.

나 역시 감사가 습관으로 자리 잡기까지 쉽지 않았다.

일기 시작 후 두 달쯤 지나서 큰 고비가 한번 찾아왔다.

어떤 이유였는지 잘 기억나진 않지만

몸과 마음이 지쳐서 보름 가까이 손을 놓게 되었다.

자칫하면 그대로 포기할 뻔한 위기의 순간이었다.

나는 다시 감사일기를 열심히 쓰겠다는 의지를 담아

블로그에 '감사일기 쓰는 법'에 관한 포스팅을 올리며

스스로를 독려하고 다시 한 번 열의를 다졌다.

놀랍게도 그 포스팅을 보고 감사일기를 시작하시는 분들도 계셨고,

큰 도움이 되었다는 댓글들이 달리기 시작했다.

검색을 통해 블로그에 꾸준히 들어오는 이웃들도 계셨다.

나는 이웃들의 댓글을 보며 일종의 사명감을 느꼈고,

마치 블로그 이웃들이 내 일상을 지켜보고 있는 것 같은

기분이 들어 일기를 열심히 쓸 수밖에 없었다.

그렇게 블로그의 힘으로 큰 고비를 넘기고

6~7개월째가 되자 안정기에 접어들었다.

감사일기는 내게 더 이상 어려운 일과가 아니었다.

그때부터 하루 다섯 가지 감사한 일을 적는 것이

편안하고 자연스러운 일상이 되었고,

순간순간 감사한 마음에 젖어들기 시작했다.

감사일기 쓰는 tip

1. 질리지 않을 예쁜 노트 한 권을 준비한다.
2. 자연, 사람, 사물, 나 자신, 감정 등 주변의 모든 것을 소재로 삼는다.
3. 왜 고마운지 그 이유를 적는다.
4. 일기를 쓰는 동안 진심으로 감사한다.
5. 하루 다섯 가지씩 적는다.
6. 짧게 적어도 괜찮다. 매일 꾸준히 쓰는 것이 더 중요하다.
7. 모든 문장은 '감사합니다' 또는 '고맙습니다'로 마무리한다.

행복한 순간들조차 불안한가요?

언젠가 배우 조여정 씨의 인터뷰 기사를 본 적이 있어요.

소속사 문제로 힘든 시기였는데

기자가 심경을 묻는 질문에 이렇게 말씀하시더라고요.

"그동안 너무 행복해서 이럴 줄 알았어요."

조여정 씨는 너무 행복했던 그때 어떤 생각을 했을까요?

예전의 저는 행복한 일이 있고 나면 뒤따라 불행한 일이 생겼던

경험들을 반복하다 보니

행복한 순간에도 늘 마음이 불안했어요.

'앞으로 얼마나 더 불행한 일들이 닥쳐오려고

이렇게 행복한 거지?'
정말 바보 같은 생각에 사로잡혀 내가 누려야 할
보석 같은 순간들조차 수없이 놓쳐버렸죠.

마치 열렬한 사랑을 시작해 가슴 터질 듯 행복한 순간에도
다가올 이별을 미리 걱정하며
그 사랑이 전하는 기쁨을 제대로 누리지 못하는 것처럼
어리석은 모습을 반복하며 살았네요.

그런데 감사의 힘으로 내면세계가 달라지면서
놀라운 변화가 일어났어요.

이번 주 내내 작은 아이가 심한 감기로 아팠거든요.
어린이집도 못 가고 간호하느라 저도 몸이 많이 힘들었어요.
분명히 힘든 순간인데 마음이 힘들지는 않더라고요.
심지어 이런 기대감마저 들었어요.

'아! 이 고통의 시간 끝에
또 얼마나 큰 기쁨들이 날 기다리고 있을까?'

이런 생각을 하는 제 스스로에게 놀라웠어요.
예전의 저와는 백팔십도 다른 생각을 하고 있었으니까요.

과거엔 행복한 순간에도

불행을 미리 걱정했다면,

이제는 불행한 순간에도

다가올 행복의 기쁨에 미리 감사하게 되었어요.

빗속을 걸어도 감사하세요.

'지금 이 순간'을

오롯이 누리게 된답니다.

쓰레기 같은 고민들

김혜자 씨가 아프리카 봉사활동에 관한 이야기를 나누던 중
이런 말씀을 하셨어요.

"아프리카 한번 가봐.
가보면 우리가 지금 하는 고민들은 다
쓰레기 같은 고민들이라는 걸 알게 될 거야."

짧은 한마디가 내내 가슴을 울리더군요.
그 '쓰레기 같은 고민'이란 어떤 고민일까요?

'더 많이 갖지 못한 것에 대한 불행'

'비교로 인한 열등의식'

들은 아닐는지요.

김혜자 씨의 예전 인터뷰 내용을 찾아보니

아프리카에 내가 봉사하러 가는 게 아니라

가서 내가 구원받고 온다는 말씀을 하셨더라고요.

지옥과 다름없는 생활을 하는 그들을 보면

한국에서의 삶은 천국이나 다름없다고요.

"아프리카에 머무는 내내 가슴은 아프지만

그 아이들을 위해 뭘 해줄까 하는 좋은 생각만 하다가 오니깐

내가 봉사하러 가는 게 아니라 나를 구원하러 가는 거야."

당장 아프리카로 떠날 형편이 안 되는 분들도

쓰레기 같은 고민들로 인생을 낭비하지 않을 방법은 있습니다.

첫째, 내가 누리는 모든 것들에

늘 감사한 마음을 갖는 것입니다.

둘째, 타인과의 비교는

불행의 지름길이라는 것을 깨닫는 것입니다.

셋째, 내 주변 사람들을

기쁘게 할 방법을 생각하는 것입니다.

이 세 가지에만 집중해도

쓰레기 같은 고민들로 우리의 삶이 흔들리지 않습니다.

바람처럼 지나가버릴 짧은 인생

쓰레기 같은 고민들로

소중한 시간을 낭비하지는 말아요. 우리-

기분 좋은 향기를 풍기는 사람들

'아는 만큼 보인다'는 말을 실감하는 요즘이다. '행복의 크기는 감사의 크기와 비례한다'는 진리를 온몸으로 깨닫는 요즘 일상의 많은 부분이 새롭게 눈에 들어온다. 거의 모든 자기계발서에서 '성공과 행복의 비결은 감사함'이라는 메시지를 빠지지 않고 다루고 있었다는 것과, 성공한 사람이나 행복한 삶을 누리는 사람들 모두 하나같이 감사의 힘에 대해 입을 모으고 있었다는 사실을 깨닫게 되었다.

인생이 순탄해서 그런지 매사에 긍정적인 지인이 있다.

"언니, 혹시 감사일기 써요?"

"쓰지. 나 중3 때부터 써왔어."

언니의 대답에 깜짝 놀라기도 했지만 한편으론 '역시!'라는 생각이 들었다. 그 당시 난 감사일기를 쓴 지 6개월이 넘어갈 무렵이었는데, 오랜 시간 꾸준히 실천한 그녀가 참 대단해 보이고 감사의 힘에 대해 다시 한 번 확신했었다.

얼마 전 배우 정우성 씨가 연예가중계 인터뷰 중 "어떻게 하면 매일 매일 리즈 시절인가요?"라는 리포터의 질문에 "오늘이 내 인생에서 가장 젊고 아름다운 날입니다. 오늘에 충실하고 하루하루에 감사하는 것이 비결입니다"라는 말을 했다.
문득 그에게 관심이 생겨 최신 기사를 검색해 보았다. "여배우와 키스신을 찍을 때 어떤 마음을 가지고 하시나요?"는 질문에 "감사한 마음을 담아서 한다"는 대답으로 좌중을 웃음 짓게 한 기사가 눈에 띈다. 그가 20년 동안 톱스타의 자리에 있으면서 변함없는 사랑을 받는 이유는 매사에 감사함을 갖는 태도 덕분이 아닐까?

매사에 감사할 줄 아는 사람이 곁에 있다는 것은 참 기분 좋은 일이다. 그런 사람들은 불평불만이 없고 매사에 긍정적이며 기분 좋은 향기를 풍긴다. 그런 사람들이 일에서 좋은 성과를 내고 가정이 화목한 것은 당연한 것이 아닐까?

'운은 타고나는 것이 아니라 스스로 만들어가는 것'이라고 믿는다.

인생의 수많은 상황에서 항상 감사함을 지닐 때 좋은 사람들이 내 주변에 모여들고 더 좋은 기회들이 따라올 것이다. 그것이 내가 누리는 모든 것에 감사할수록 더 감사할 일들이 쏟아지는 이유가 아닐까?

다시
힘을 내다

참 길게 느껴진 한 주였다.

두 아이가 연달아 아프고 간호하던 나도 덩달아 아팠다.

하루하루 힘들고 지쳐서

긴 장마가 끝나길 기다리는 심정이었다.

구름 뒤에 가려진 햇살이 다시 비춰주길 간절히 바라는-

긴 장마의 끝이 보이기 시작한 어느 날

우연히 열어본 메일에서 짧은 문구가 눈에 들어왔다.

"편안은 힘든 일에서 도망쳐 얻고

행복은 힘든 일을 극복해서 얻는다."

힘든 시간들 없이 나날이 편안하기만 하다면
과연 나는 평범한 일상이 행복이라는 걸 깨달을 수 있을까?

내 마음속 작은 목소리가 속삭인다.
행복의 진정한 의미를 느껴보라고.
소중한 하루에 더 감사하라고.

역경을 바라보는 자세

인생은 자연의 이치대로 돌아간다.

맑은 날이 있으면 흐린 날도 있고

거세게 비바람이 몰아치는 날도 있다.

흐린 날이 있기에 맑은 날들에

더 기쁘고 감사할 수 있다는 걸 예전에 미처 깨닫지 못했다.

'왜 내 인생이 흐리기만 할까?'

라고 불평하고 원망하느라 바빴다.

행복은 주어진 환경에서 차이가 나는 것이 아니다.

역경을 바라보는 자세에 달려 있다.

비관적인 사람들은 역경이 찾아오면
누군가를 원망하느라 바쁘거나 깊은 절망감에 빠져든다.
그러나 넓은 시야를 가진 사람들은 이 고통은 곧 지나가고
더 좋아질 것을 알고 있기에 쉽게 좌절하거나 원망하지 않는다.

신은 세상에 고통과 기쁨을 동일한 비율로 흩뿌린다고 한다.
모든 것은 내가 지금 무엇을 바라보고 어떻게 생각하느냐에 달려 있다.
무지개가 뜨기만을 기다리며 소중한 인생을 허비하지 말자.

흐린 날과 비바람이 몰아치는 날에도
기쁘고 행복할 수 있는 법은 내 안에 있다.

단 한 개의 악플

경탄할 만큼 아름답고 멋진 외모,

어마어마한 부의 축적,

수많은 사람의 사랑과 동경.

평범한 사람들이 평생을 바쳐 추구하는 모든 것들을

이미 손에 쥔 톱스타들이

우울증과 공황장애에 시달리다 때로는 극단적인 선택을 하기도 한다.

사람들이 갖고 싶어 하는 수많은 조건들을 갖췄음에도

그들은 왜 행복하지 않은 걸까?

아무리 호감도가 높은 연예인이라도 기사에 악플 몇 개쯤은 달린다.

어떤 연예인들은 상처받을까 두려워 댓글을 아예 안 보기도 한단다.
100개의 댓글 중 99개의 선플은 보지 못하고,
단 한 개의 악플에 전전긍긍하며 괴로워하는 모습.
그 모습은 마치 매일 쏟아지는
일상의 기적과 축복을 발견하지 못하고
아직 손에 못 쥔 그 무엇 때문에 괴로워하는
현대인들의 모습이 아닐까 싶다.

물론 모든 사람이 단 한 개의 댓글 때문에 괴로워하지는 않는다.
100개의 댓글 중 단 한 개의 악플만 신경 쓰며 지내는 사람도 있고
99개의 선플에 만족하며 사는 사람이 있다.

그것이 바로 행복한 사람과 불행한 사람의 차이다.
이 차이는 어디서 생길까?
가진 것에 '감사할 줄 아는 태도'에서 온다.
가진 것에 감사할 줄 아는 사람은
99개의 선플에 감사하느라 바빠
단 한 개의 악플에 괴로워할 틈이 없다.

이런 감사할 줄 아는 태도는
선천적으로 타고나기도 하지만 대부분 노력에서 온다.
내가 감사일기를 쓰며 일상의 소소한 행복에 감사하는 습관을 키우자

나를 둘러싼 세계가 통째로 바뀐 이유도 바로 그 덕분일 것이다.

늘 부정적인 마음이 가득했던 사람이

하루아침에 감사하는 마음을 갖기는 어렵다.

하지만 매일 감사하는 습관을 키우는 노력을

포기만 하지 않는다면 가능하다.

행복은 당신이 원하는 모든 걸 성취한 후에

비로소 찾아오는 그 무엇이 아니다.

행복은 단 한 개의 악플에 흔들리지 않고

99개의 선플에 감사할 수 있는 힘에서 온다.

불쌍한 나에게

"엄마, 나 아이스크림 사줘."

"엄마, 나 문방구 가고 싶어."

아이는 오늘도 끊임없이 엄마를 조른다.

아이스크림을 사주기가 무섭게

또 다른 것을 졸라대기에 안 된다 했더니

"엄마, 나 책 쓰는 방법 좀 알려줘. 나도 책 쓸 거야.

'불쌍한 나에게'라고."

자기가 불쌍해서 책까지 써야겠다는

아이의 말에 기가 차서 헛웃음이 난다.

'어쩜 이렇게 끊임없이 원하고 만족을 모를까?'

"넌 왜 이렇게 만족할 줄 몰라.
지금 가진 것들에 고마운 마음을 좀 가져봐."

아이에게 다그치듯 말하는 순간
문득 과거의 내 모습이 스쳐 지나간다.
감사하는 마음이 자리 잡히기 전까지
나는 과연 이 아이의 마음과 무엇이 달랐을까.

나 역시 내가 누리는 것들에 좀처럼
고마운 마음을 갖지 않았고
소원 하나가 이루어지면 금세 또 다른 소원을 빌곤 했다.
신께서 그런 내 모습을 볼 때마다 얼마나 괘씸했을까?
내가 신이여도 그 마음이 괘씸해서
'내 다시는 소원을 들어주나 봐라'라는 마음까지 들었을 것 같다.

아이에게 다그쳐서 무슨 소용이 있으랴.
내가 두 아이의 엄마가 되어서야 비로소 깨달은 진리를
여덟 살짜리 아이 강요하는 것은 가혹한 일인 듯하다.

내가 아이 앞에서 사소한 것들에

감사하는 모습을 더 자주 보여야겠다.

마음뿐만 아니라 말로도 감사함을 자주 표현해야겠다.

"서윤아, 우리 자기 전에 감사 게임하고 잘까?"

"응, 오늘은 내가 먼저 할래."

"엄마가 맛있는 빵을 사줘서 감사해."

"서윤이가 카레를 맛있게 먹어줘서 감사해."

"아빠가 장난감을 사줘서 감사해."

"너희들이 아프지 않고 건강해서 감사해."

"친구랑 재미있게 놀아서 감사해."

"서윤이와 감사 게임을 할 수 있어 감사해."

……

가장 쉬운 명상법

당신들은 어두운 방 안에 앉아 있는 것을 명상이라 여긴다.
하지만 우리는 사람들에게 그렇게 하지 말라고 한다.
명상은 단순히 눈을 감고 수동적으로 있는 것이 아니다.
무엇을 먹을 때, 심지어 공기를 들이마실 때조차 감사하게 생각해야 한다.
그 마음이 매 순간 지속되면 하나의 습관이 되는 것이다.
당신이 자연에게서 무엇이든 취할 때마다
그에 대한 답례를 할 때 그것이 바로 명상인 것이다.

– 인디언 격언 –

영혼의 목소리를 따라 살아가는 인디언들의 격언에서 참 많은 것을 느끼고 배울 때가 많습니다.

우리가 누리는 모든 것에 감사하는 마음이
바로 '명상'이라는 그 말이 가슴 깊숙이 파고듭니다.

제 삶의 기적적인 변화의 시작도 감사하는 마음이었습니다.
하지만 너무도 간단한 진리를 믿으려 하지 않는 사람들에게
어떻게 이해시킬 수 있을까? 가끔은 답답할 때도 있습니다.
이 인디언 격언을 나누며 제가 느꼈던 전율이
누군가의 가슴속에도 깊숙이 전해지길 바랍니다.

내가 알고 있는 걸 당신도 알게 된다면

대부분의 사람들은 눈앞에 보이는 목표만을 좇느라 급급해
정작 중요한 인생의 목적인 행복을 미루고 살아간다.
그렇게 정신없이 달리며 평생을 바친 후
뒤늦게 행복해지는 법에 눈뜬다.
더러 감당하기 힘든 고난과 시련을 겪은 후
남들보다 일찍 깨달음을 얻는 사람도 있긴 하다.

인생의 큰 굴곡 없이 30대의 나이에 행복의 의미를
알게 된 건 분명 어떤 이유가 있을 것이다.
그 이유를 나는 내 인생의 소명에서 찾고 있다.

내 블로그의 글을 애독하는 이웃 중에 고2 여학생이 있다.
언젠가 그 학생이 남긴 댓글을 보고 감동을 받았다.

"덕분에 고2 시절을 정말 즐겁게 보낼 수 있게 되었어요.
기숙사에서 아침 시간을 쪼개서 감사일기를 쓰고 있어요.
쓰다 보니까 정말 점심 먹고 학교 한 번 산책하는 것도 감사하고,
예쁜 하늘도 감사하고, 심지어 가끔은 어려운 과제도 감사해졌어요.
소중한 인연도 더 많이 만나게 되었고
더 단단히 홀로 설 수 있게 된 것 같아요."

어린 학생의 변화를 보며
행복의 의미를 깨닫는데 중요한 것은 나이가 아니라는 생각이 들었다.

만약 내 주변에 진실로 행복해 보이는 사람들이 많았다면,
나에게 행복해지는 법을 말해주는 사람이 있었다면
나도 조금 더 일찍 행복의 의미를 깨닫게 되지 않았을까?

지금 이 순간 나를 둘러싼 세계에 고마움을 전하기 시작할 때
내 인생이 급속도로 바뀌기 시작하는 마법

그 놀라운 마법의 힘을 스스로 깨닫는 것은
파울로 코엘류의 소설《연금술사》에서 청년 산티아고가 찾고자 했던
내 안의 보물을 찾는 일이 아닐까 싶다.

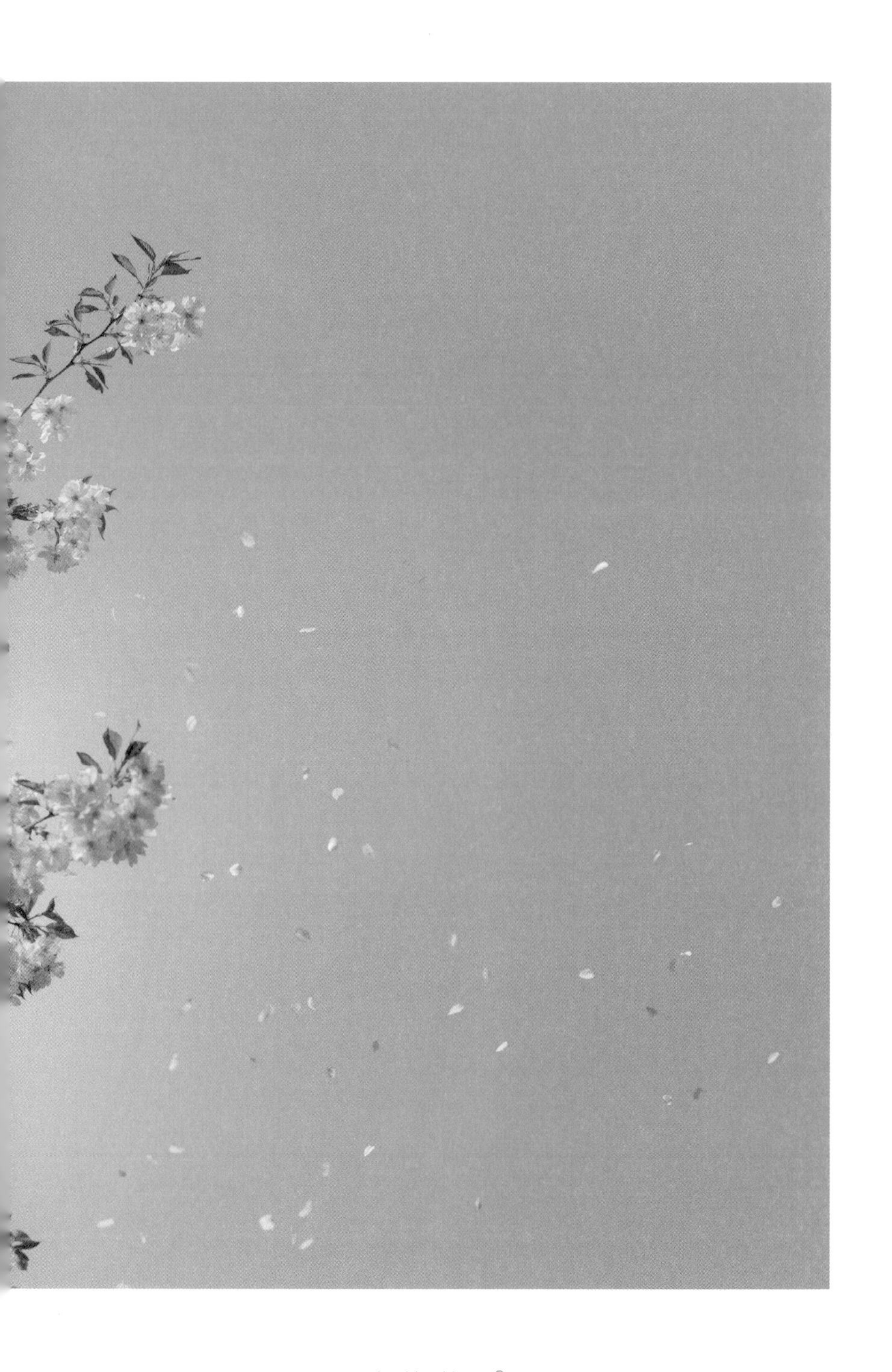

과거엔 행복한 순간에도 불행을 미리 걱정했다면,
이제는 불행한 순간에도 다가올
행복의 기쁨에 미리 감사하게 되었어요.

빗속을 걸어도 감사하세요.
'지금 이 순간'을 오롯이 누리게 된답니다.

• 행복 필사 •

비관적인 사람들은 역경이 찾아오면
누군가를 원망하느라 바쁘거나 깊은 절망감에 빠져든다.
그러나 넓은 시야를 가진 사람들은 이 고통은 곧 지나가고
더 좋아질 것을 알고 있기에 쉽게 좌절하거나 원망하지 않는다.
신은 세상에 고통과 기쁨을 동일한 비율로 흩뿌린다고 한다.

모든 것은 내가 지금 무엇을 바라보고 어떻게 생각하느냐에 달려 있다.
무지개가 뜨기만을 기다리며 소중한 인생을 허비하지 말자.

흐린 날과 비바람이 몰아치는 날에도
기쁘고 행복할 수 있는 법은 내 안에 있다.

03

내면의 속삭임에 귀 기울이기

우주의 모든 것은 그대 안에 있다.
무엇이든 그대 자신에게 물어보라.

- 루미 -

내 영혼의 비타민 한 알

"맨날 똑같은 얘긴데
자기계발서는 뭐 하러 읽어?"

처음에는 무작정 읽기만 했었다.
책을 읽는 동안은 우울한 기분에서 벗어나
머릿속을 긍정적인 생각으로 가득 채울 수 있어서 좋았다.
내면의 체력이 워낙 허약한 상태였기에
십여 년을 읽어도 실행력이 생기지 않았고
눈에 띄는 삶의 변화가 나타나는 것 같지도 않았다.
하지만 쓸모없어 보이는 노력이 임계점에 다다르는 순간 폭발했다.

여느 때처럼 책장을 넘기던 어느 날 문득

나 자신이 한계 없는 존재임을 깨닫게 되었고

그때부터 내 인생이 급속도로 바뀌기 시작했다.

우리의 진짜 자아는 단단한 껍질에 쌓여 있다.

꾸준히 책을 반복해 읽는 것은

그 단단한 껍질을 벗겨내는 과정이 아닐까 싶다.

그 과정을 포기만 하지 않는다면

우리는 진짜 자아를 만나게 되고 새로운 세계가 열린다.

매일 읽는 책 한 장 한 장이

내 영혼에 주는 비타민 한 알이다.

당신에게 운명의 책은 무엇입니까?

같은 책을 읽어도 어떤 이는 아무런 감흥이나 행동의 변화가 없지만, 어떤 이는 예전과는 완전히 다른 삶을 살게 된다.

독서법 《본깨적》의 저자 박상배 강사에게는 운명의 책 세 권이 있다. 믿었던 친구의 배신으로 전 재산인 10억 원을 잃고 실의에 빠져 삶을 정리할 결심을 하다 부인의 문자를 받고 살아야겠다고 마음을 고쳐먹는다. 그 후 신이란 신은 다 찾아가며 울고 또 울다가 문득 궁금해졌다.

'나처럼 죽으려고 했던 사람들은 어떻게 살았을까?'

혹시 책에 원하는 이야기가 있을지 모른다는 생각에 동네 서점을 찾게 된다. 거기서 운명의 책인 천호식품 김영식 회장의 저서 《10미터만 더 뛰어봐!》를 만나게 되고 20억 빚을 지고도 일어선 그의 이야기에 벅찬 감동을 받아 살아갈 힘을 얻고 그의 강연장에 찾아가게 된다. 저자를 먼저 만나겠다는 마음 하나로 강연장에 3시간 먼저 찾아가 기다리는 열정에 감동받은 김영식 회장은 그에게 '당신은 반드시 성공할 사람이다'는 말을 해주고, 그는 또 한번 살아갈 큰 용기와 힘을 얻게 된다. 그는 그날 김 회장에게 받은 문화상품권으로 강헌구 교수의 《가슴 뛰는 삶》을 사서 읽게 된다. 그리고 앞으로 무엇을 하고 살지에 대해 진지하게 고민하고, 진정 간절히 원하는 것이 무엇인지 생각하기 시작한다.

《10미터만 더 뛰어봐!》는 생을 포기하고 싶을 만큼 절망적인 상황에서 '다시 할 수 있다'는 메시지로 그를 일으켜 세웠고, 《가슴 뛰는 삶》은 비전 없이 살던 그에게 강사라는 꿈을 찾게 해주었다. 이어서 또 다른 운명의 책 강규형 대표의 《성공을 바인딩하라》를 만난 것은 지금의 독서경영 강사로 일하는 계기가 되었다고 한다. 삶을 포기하고 싶을 만큼 절망적이었던 상황에서 운명의 책이 하나씩 연결고리로 이어져 그가 새로운 인생을 찾게 된 이야기는 한 편의 영화 같다.

나는 20대 초반 깊은 슬럼프에 빠졌을 때 책에서 큰 위안을 얻은 후부터 늘 긍정의 힘이 가득한 책을 가까이하려 애썼다. 그렇게 꽤 긴 시간 동안 책을 가까이했지만, 누군가 나에게 "당신에게 운명의 책

은 무엇입니까?"라고 물어도 자신 있게 말한 책이 없었다. 그저 끌리는 책을 읽기만 했고 행동의 변화가 없었기 때문이다.

그런데 최근 달라졌다. 내게 끊임없이 운명의 책들이 다가오고 있다. 작년 4월 오프라 윈프리의 책 《내가 확실히 아는 것들》을 만나 '감사 일기'를 시작하게 되면서 단 한 번도 느껴보지 못했던 마음의 평화와 안정을 얻기 시작했다. 그렇게 내면의 조화를 찾은 덕분일까? 그 후 운명의 책들이 끊임없이 이어지고 있다.

바티스트 드 파프의 《마음의 힘》과 이소윤, 이진주의 《9번째 지능》을 읽고 삶의 목적을 찾게 되었고, 디팩 초프라의 《바라는 대로 이루어진다》를 통해 '동시성 운명'에 대해 알게 되었으며, 에크하르트 톨레의 《지금 이 순간을 살아라》, 《삶으로 다시 떠오르기》는 내 안의 또 다른 나의 존재에 눈을 뜨게 해주었다. 그 후로도 끊임없이 나의 가슴을 세차게 뛰게 하고 의식 전환을 일으키는 책들이 이어지고 있다.

책 읽기에도 임계점이 있다고 한다. 그 임계점을 넘어설 때 자신의 진짜 자아를 만나게 되고 그때부터 운명의 책들이 나타나기 시작한다. 지금 이 순간에도 끊임없이 운명의 책들이 우리에게 달려오고 있다. 다가오는 운명의 책들을 알아차릴 수 있도록 늘 마음을 활짝 열고 깨어 있으려 노력해보자.

글쓰기는
영혼의 통로다

블로그에서 올렸던 많은 글 중 많은 이들의

마음 깊숙한 곳까지 닿아 행동의 변화까지 이끌어내는 글은

내 머리를 쥐어짜내 쓴 글과는 태생부터 다르다.

여유롭게 거닐며 산책하다가

좋아하는 음악에 푹 빠져 있다가

가슴을 세차게 뛰게 하는 책을 읽다가

아이의 햇살 같은 미소를 바라보다가

명상하며 고요하게 침묵하다가

그렇게 내 마음과 연결된 상태에서

떠오른 영감들이 글로 옮겨지기 때문이다.

책을 써서 성공하라고 외치는 책쓰기 강사들이 입을 모아 말한다.

"글은 손이 아닌 엉덩이로 쓰는 거다."
"무조건 많이 써라."

하지만 나는 그것들보다 더 중요한 것이 있다고 생각한다.
그건 바로 '마음과 연결되는 일'이다.
사람들의 가슴 깊숙이 스며들어
깨달음을 주고 행동의 변화를 이끄는 글은 마음과 연결되어 있다.
에고의 목소리가 아닌, 진짜 자아인 영혼이 쓴 글만이
많은 사람들의 가슴 깊숙이 스며들기 때문이다.

그래서 난 매 순간 감사할 거리를 찾고
타인에게 선행을 베풀려 노력하고
산책과 명상을 통해 고요하게 침묵하는 시간을 갖는다.
글쓰기에 할애하는 시간 중 일부는 반드시 따로 떼어내어
마음과 연결되기 위한 시간을 갖는 것이다.

마음을 움직이는 글을 쓰고 싶다면
내 영혼이 좋아하는 일들에 시간을 내어보자.
글쓰기는 영혼의 통로다.

왓칭,
내면의 관찰자

늦은 저녁, 갑자기 물이 나오지 않았다.

순간 머릿속에 불길한 예감이 스쳐갔다.

'혹시 단수?'

얼마 전 엘리베이터에서 단수에 대한 공고를 봤지만

밤 12시부터 새벽 6시라고 생각해 별로 신경 쓰지 않던 터였다.

관리소 전화는 계속 통화 중이고 나는 점점 평정심을 잃어갔다.

다급해진 마음에 남편에게 전화를 했다.

이 위급상황을 알리고 나니 내 마음은 더 심란해진다.

작은 아이를 재우고 나서 혹시나 하는 마음에 물을 틀어보니 갑자기 물이 나오기 시작한다.
관리소와 통화가 되었는데 펌프 고장이 있어 고쳤다고 한다.
단수는 오늘 밤 12시부터 시작이고
새벽 6시가 아닌 내일 저녁 6시까지 이어질 예정이라 한다.
만약 이런 소동이 없었으면 욕조에 물도 안 받아놨다가
내일 아침에 일어나 발을 동동 구를 뻔했다.

다음 날 아침, 눈 뜨자마자 화장실로 가서
볼일을 보고 물을 내리는데 변기에 물이 없었다.
작은 바가지로 열 번쯤 물을 붓고 나서야 변기에 물이 찼다.
욕조 가득 채워있던 물이 볼일 두 번 봤을 뿐인데
벌써 반쯤 준 것 같았다.
물을 헤프게 쓰는 남편이 기상 전이라
더 불안하고 초조해지기 시작했다.

명상을 시작해야 하는데 마음이 심란해 눈이 감기지 않았다.
'내가 왜 이렇게 불안하고 초조하지?'
내 마음을 바라보기 시작했다.
'단수로 일상의 습격을 받아 화장실에서 볼일도 못 보고
마음대로 씻지 못하게 될까봐 두렵구나.'
그 마음을 바라봐주니 조금씩 안정되기 시작했다.
상황이 달라진 건 아무것도 없었다.

왜 불안하고 초조한지 궁금해 하며 내 감정을 바라봤을 뿐이다.

'왓칭(Watching)'

관찰자의 입장에서 바라보는 것이 이제야 뭔지 조금 알 것 같다.

감정의 변화를 알아차리고 지켜보는 것만으로도

순식간에 그 감정이 힘을 잃어버리는 그 느낌을-

외출했다 오후 3시쯤 집에 돌아와 수돗물을 틀어보니 물이 나왔다.

반가움에 탄성이 절로 나왔다.

손끝에 와 닿는 물의 감촉이 새롭고 경이롭게 느껴졌다.

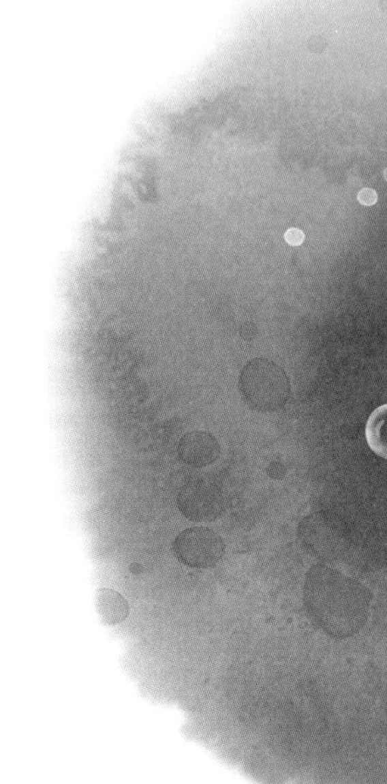

이 고통에서
무엇을 배울 것인가?

삶을 살아가다 보면

예상치 못한 장애물을 만나거나 고통을 겪게 된다.

그것이 정신적인 고통일 수도 있고

육체적인 고통일 수도 있다.

과거의 난 그런 순간들이 다가올 때마다

초라한 내 자신을 비관하며 자책하거나 누군가를 원망하기에 바빴다.

삶은 그저 고통이라는 생각뿐이었다.

그런데 삶을 바라보는 관점이 바뀐 후 모든 게 달라졌다.

인생의 목적을 찾고, 영혼에 깊이 눈뜰수록

고통은 나를 가장 성숙하게 하는 기회라는 확신을 하게 되었다.

오프라 윈프리는 이 세계를 교실이라고 생각하고
문젯거리가 생길 때마다 이렇게 묻는다고 한다.
"나는 이것으로부터 무엇을 배워야 할까?"
오프라 윈프리뿐만 아니라
실제로 행복한 삶을 영위하는 많은 사람들이
이미 이 방법을 삶에 적용하고 있다.

고통이나 고난의 순간에
자책이나 원망 대신 이렇게 질문해보자.

"나는 이 역경에서 무엇을 배울 것인가?"

나는 이제 확실히 안다.
고통스러운 삶의 순간에서도
삶은 늘 내 편이라는 것을-

오롯이
당신은 소중해요

저는요.

어린 시절부터 몸도 마음도 참 허약했어요.

조금만 몸이 아프거나 힘들면

'아, 죽고 싶다!'

이렇게 마음속으로 자주 말하다 보니 어느새 습관이 되더라고요.

조금만 힘든 시련이 와도 그 말을 되뇌곤 했어요.

그 말이 얼마나 나에게 해로운 말인지도 모르고 -

그때는 나 자신이 얼마나 소중하고

가치 있는 존재인지 몰라서 그랬던 것 같아요.

삶엔 고통과 행복이 공존하죠.
예전보다 마음의 근육이 생긴 지금은 고통이 찾아오면
일단 그 고통 속에서 감사할 거리를 찾아요.

그런데 이것도 마음의 힘이 어느 정도 생겼을 때 얘기지
마음이 허약한 상태에서는 감사할 마음조차 생기지 않고
세상을 긍정적으로 바라볼 힘조차 없죠.
그럴 때 자신을 학대하는 해로운 생각을 멈추는 좋은 방법이 있어요.
나만의 '긍정확언'을 되뇌는 거예요.
이 방법은 감정의 밑바닥 상태에서도 어렵지 않더라고요.

'나는 가치 있는 존재다.'
'나는 강하고 아름답고 조화롭다.'
'나는 내가 뜻하는 사람이 된다.'
'나는 오롯이 소중하다.'
'나는 날마다 성장하고 있다.'
'나는 사람들을 축복한다.'

머릿속에 온갖 부정적인 생각들이 가득할 때
그 생각을 멈추는 쉬운 방법은 긍정적인 생각으로 덮어버리는 거예요.
자신만의 암시 문구를 만들어 시작해보세요.

자신에게 해로운 생각을 멈추고

매일 나에게 기쁨에 찬 말을 들려주는 것만으로도

놀라운 변화가 시작될 거예요.

오롯이 당신은 소중한 존재랍니다.

비교하는 마음,
멈출 수 있어요

어릴 때부터 끊임없이 들었던 부모님의 잔소리 중
가장 듣기 싫었던 말은 무엇일까요?
바로 남과 비교하는 말이에요.

"오빠는 안 그런데 넌 왜 그래?"
"네 친구는 잘하던데 넌 왜 그래?"

그런데 정말 아이러니하게도 부모님이
나를 누구누구와 비교하는 건 못 견디게 싫으면서
스스로를 타인과 끊임없이 비교하며 살아왔네요.

대체 왜 나를 불행하게 만드는 그 생각들을
멈추지 않았던 것일까요?

태어나면서부터 지금까지 비교 당하는 인생을 살다보니
타인과 비교를 통해서 내 존재를 확인하는 것이
습관처럼 되어버린 것 같아요.
현재의 내 모습을 확인하는 기준이 타인에 있었기 때문이죠.

'열등감과 우월감은 뿌리가 같다.'
어느 날, 책 속 한 구절이 가슴 깊이 파고들었어요.
세상에는 열등하고 우열한 존재가 없으며
다만 존재는 서로 다를 뿐이라는-

그 후론 다른 사람보다 조건이 좋으면 '우월감'을 느끼고
다른 사람보다 조건이 나쁘면 '열등감'을 느끼는
나의 마음이 보이기 시작했어요.
그래서 타인을 보며 우쭐해지려는 마음이 들거나
나보다 잘난 사람을 보며 우울해지려는 순간
얼른 그 생각을 알아차리고
생각이 마음을 휘두르지 못하도록 외쳤어요.

'그는 나와 다를 뿐이다.'

마치 주문을 걸듯이요.

그러면 그 감정 속에 휘둘릴 뻔한

마음이 순식간에 평정을 찾고 고요해지더라고요.

타인은 나의 비교 대상이 아니에요.

그 사실을 가슴 깊이 깨닫게 되면 비교하는 그 마음을 멈출 수 있어요.

내가 아무리 잘나도

나보다 잘난 사람은 있기 마련이다.

내가 아무리 못나도

세상에 나보다 못난 사람도 반드시 존재한다.

그렇기 때문에 남과 비교하면서

나를 끊임없이 불행하게 만드는 것은 부질없는 일이다.

그저 어제의 나보다 한 뼘 더 성장했는지 비교하자.

내 안의 열정의 불씨가 여전히 활활 잘 타오르고 있는지에 관심을 갖자.

그리고 내가 가진 것들, 내가 누리는 모든 것들에

고마운 마음을 지니자.

그렇게만 해도 인생이 달라지기 시작한다.

상처는 오직 나만 줄 수 있어요

원고 투고를 시작하면서 있었던 일입니다. 투고 메일을 보내고 얼마 후 출판사에서 연락이 오기 시작했습니다. 당장 계약하자며 적극적이던 출판사가 돌연 취소 통보를 하기도 하고, 중견 출판사와의 미팅에서 기대하지 않은 상황이 연출되면서 그 만남들 속에서 가슴이 아릴 만큼 상처받는 일들도 생기더군요.

그동안 터득해온 나름의 마음챙김 방법들로
평온함을 되찾으려 노력했지만 여운이 꽤 오래 갔습니다.

며칠 전 평소 제가 따르는 지인에게

솔직한 심경을 털어 놓았습니다.

"저는 의연하게 과정을 즐길 거라 자신했는데

막상 뛰어드니 상처받을 일이 많이 생기네요."

그때 그분이 제게 이런 말씀을 해주셨습니다.

"상처는 오직 나만 줄 수 있어요."

짧은 그 말 한마디가 제 가슴을 깊이 파고들더군요.

출판사 투고와 미팅 과정 중에서

어떤 일이 있었고, 어떤 말들이 오고 갔는지는

사실 중요한 게 아니었습니다.

모든 원인은 바로 제게 있었죠.

그 말을 내가 어떻게 해석을 할지 그것은

오롯이 나에게 달려있었으니까요.

나를 진정 사랑한다는 것은

어떤 순간에도 나를 힘들게 하지 않는 것이고,

나를 힘들게 하는 건 오직 '나'라는 것.

그 말의 의미를 깨닫게 되었습니다.

긍정적인 마음을 가진다는 것도

결국은 나에게 다가오는 순간들을 어떻게 해석하고

나에게 어떤 말을 들려주느냐에
달려있다는 걸 알게 되었습니다.
어떤 순간에도 나 자신에게 상처 주는 말을 하지 마세요.
상처는 오직 나만 줄 수 있어요.

마음의 집을 청소하는 법

청소를 잘하는 비결 중 하나는
쓰레기들이 눈에 띄면 미루지 않고 바로 버리는 것이다.
쓰레기가 쌓이고 쌓여 거대한 산이 되어버리면
그때는 청소를 해야 할 엄두가 나지 않아
자포자기 상태가 될 수 있기 때문이다.

마음의 청소를 하는 과정도 마찬가지이다.
외부 세계로만 향해 있던 내 눈을
내면세계로도 돌려 자주 살펴보자.
그러다 부정적인 생각이 눈에 띄면

곧바로 쓰레기더미로 던져버리고,

긍정의 생각들로 덮어버리자.

내 육신이 사는 집뿐만 아니라

내 마음의 집, 영혼의 집을

매 순간 깔끔하게 청소하려 노력해보자.

그리고 삶이 어떻게 달라지는지 관찰해보자.

모든 힘은 내면에서 흘러나온다.

사랑해, 고마워, 짜증나 '말의 힘'

몇 달 전 초등학교 1학년인 딸에게 특별한 숙제가 있었다. 밥을 이용해 '말의 힘'을 실험하는 숙제였다. 같은 양의 밥을 병에 담고 한쪽 병엔 매일 '고마워. 사랑해'라고 말하고 한쪽 병엔 '짜증나'라고 말하는 실험이었다. 같은 조건에서 다른 말을 했을 때 어떤 변화가 일어나는지 한 달씩이나 변화 과정을 지켜봐야 하니 꽤 번거로웠다. 꼭 해야 하는 숙제는 아니고, 하고 싶은 사람만 하라고 했다니 귀찮다는 생각에 '하지 말까?'라는 생각을 잠시 생각하기도 했다. 그런데 문득 '감사의 힘'이 얼마나 강력한지 눈으로 확인할 좋은 기회라는 생각이 들었다.

그렇게 시작된 실험, 매일 아이와 한쪽 병에는 "사랑해, 고마워"라고 큰 소리로 말하며 웃어주고, 한쪽 병에는 "짜증나"라는 말을 하며 찡그렸다. 일부러 표정까지 신경 쓴 건 아니었는데, 신기하게 어떤 말을 내뱉느냐에 따라서 내 표정과 말투가 전혀 달라졌다.
변화는 오래 걸리지 않았다. 단 며칠 사이에 '짜증나' 병에는 곰팡이가 생기기 시작했고 '고마워' 병에는 별다른 변화가 나타나지 않았다. 한 달 후에는 눈에 띄는 차이가 나타났다. 놀랍게도 '짜증나'라는 말을 매일 들려준 병에는 하얀 곰팡이로 가득 덮였지만 '사랑해. 고마워' 병은 곰팡이 하나 없이 깔끔했다. 밥풀에 귀가 있는 것도 아닌데 어떻게 이런 변화가 나타날 수 있었을까? 눈으로 확인하면서도 잘 믿기지 않았다. 두뇌가 없는 만물에도 지능이 있는 건 아닐까?

《인생을 바꾸는 데는 단 하루도 걸리지 않는다》라는 책에 이런 일화가 나온다. 암 말기 환자가 하루 천 번씩 그저 '감사합니다'라고 외쳤을 뿐인데 몇 개월 동안 계속하자 점점 몸이 좋아지기 시작했고, 10만 번 채워 갔을 때 병원을 찾아 다시 검사한 결과 암세포를 발견할 수 없었다고 한다.

양자물리학에서는 실제로 이와 비슷한 실험들을 많이 한다. 천재 과학자 아인슈타인이 하루에 수백 번씩 '감사합니다'를 외쳤던 이유도 이 말의 강력한 힘을 알고 있었기 때문이다. 굳이 입 밖으로 말을 내뱉지 않고, 의도의 힘만으로도 물질의 변화가 확연하게 드러나는 실험도 많다.

사실 몇 년 전 인터넷에서 방울토마토를 가지고 비슷한 실험한 것을 본 적이 있다. 그때 그 실험을 보고 놀랍기는 했지만, 내 마음속이 너무 시끄러워 깨달음의 단계로 이어지지 못했다. 하지만 이 글을 읽는 사람들도 '와 신기하다!' 하고 그냥 지나치지 않고 직접 이 실험을 해봤으면 좋겠다. 직접 실험을 해본다면 깨달음을 얻게 될 것이다. 자기계발서에서 수없이 읽었던 '생각의 비밀'이 이 간단한 실험을 통해 증명된다. '어떤 생각을 하고 어떤 말과 행동을 하느냐에 따라 인생이 달라진다'는 말을 아직도 믿지 못하겠다면 더욱 추천한다. 밥 한 공기와 빈 병 두 개만 있다면 바로 시작할 수 있다.

머리끝까지 화가 나 '짜증나!' 라고 외치고 싶은 순간
곰팡이가 까맣게 생긴 병을 떠올린다.
그러면 그 순간 정신이 번쩍 들어
입 밖으로 나올 뻔했던 말을 삼키게 된다.

지금 이 순간 내면을 바라보자.
어떤 생각을 하고 있는가?
무심코 어떤 말을 내뱉고 있는가?
그 생각과 말대로 당신 인생이 설계되고 있다.
말하는 대로 생각하는 대로~

미라클 모닝

'아 더 자고 싶다!'

아침에 마지못해 잠자리에서 일어나 끌려가듯

하루를 시작했던 때가 있었다.

이른 새벽 벌떡 일어나는 3살 아들 덕에 일찍 일어나긴 했지만

딱히 무언가를 하는 것 없이 비몽사몽한 상태로 시간을 보내다

아침식사를 준비하곤 했다.

그때만 해도 밤늦게까지 글을 쓰거나

책을 보다 잠드는 일이 많았으니

이른 아침 일어나는 것이 힘겨운 건 당연했다.

언젠가부터 마음속 소리가 들렸다.

'아침을 바꿔야 한다.'

아침을 바꿔야 한다는 건 알았지만

어떻게 해야 바꿀 수 있을지는 몰랐다.

그때부터 스스로에게 질문하기 시작했다.

'어떻게 하면 아침을 바꿀 수 있을까?'

마치 그 질문에 대한 해답처럼 한 권의 책이 눈앞에 나타났다.

《당신의 하루를 바꾸는 기적, 미라클모닝》

이 책의 표지와 제목을 보는 순간 '이거다!'라는 직감이 들었다.

'매일 아침 일어나는 방식을 바꾸어 자기계발할 시간을 갖는 것만으로 삶 전체가 기적처럼 바뀔 수 있다'는 내용이었다.

나는 책을 단숨에 읽어 내려갔고

바로 다음 날부터 미라클모닝을 실행했다.

첫 시작일이었던 2016년 3월 1일.

'명상, 확언, 시각화, 감사일기, 독서, 운동'

라이프 세이버 6가지를 마치고

거실 커튼을 열어젖히는 그 순간 태양이 뜨겁게 솟아오르고 있었다.

그때 느꼈던 감동이 아직도 생생하다.

그로부터 9개월이 지난 현재 어떤 변화가 일어났을까?

라이프 세이버 6가지를 나에게 맞게 응용하여
현재 총 10가지의 자기계발 습관을 꾸준히 실천하고 있다.

그 과정에서 나 자신에 대한 믿음이 생겼고,
미래에 대한 확신으로 가득 차게 되었으며
미래일기가 하나씩 실현되고 있다.
이 책의 출간은 그 결과물 중 하나이다.

어떻게 이런 놀라운 변화가 일어났을까?
처음엔 모든 것이 한 번에 변한 줄만 알았지만
돌이켜보니 점진적인 변화를 거쳐 이루어졌음을 알게 되었다.

미라클모닝을 시작하기 전부터 감사일기와 확언쓰기를 하고 있었고, 독서와 글쓰기는 꾸준한 습관으로 이미 잡혀 있었다.
미라클모닝을 시작하면서 밤 시간에 치우쳐 있던
자기계발 습관을 하루의 시작인 아침으로 옮겨 오고
아이보다 일찍 일어나기 위해서 일찍 잠자리에 들었다.
흩어져 있던 자기계발 습관을
'미라클모닝'이라는 한 틀에 묶어 기록하고 움직이니
한눈에 파악이 가능해 습관 유지에 큰 도움이 되었다.
좀 늦은 기상으로 아침에 끝내지 못하는 날에는
짬짬이 시간을 내어 하루 일과 중에 완료했다.

미라클모닝을 실행하는 일부 사람들은

기상시간 자체에 연연하기도 하는데,

그렇게 되면 기상시간이 조금만 늦어져도 마음이 흔들리게 된다.

'오늘은 실패했구나!'라는 생각이 들기 때문이다.

미라클모닝의 목적은 일찍 일어나는 것 자체가 아니다.

아침을 맞이하는 자세를 바꾸어

자기계발할 시간을 확보하는 것에 있다.

목적을 명확히 해야 기상시간에 일희일비하지 않고

꾸준히 흔들림 없이 나아갈 수 있다.

'기상 후 1시간은 하루의 방향키'라고 한다.

눈을 뜨자마자 하고 싶은 일을 만들어

아침을 적극적으로 맞이해 보자.

기다려지는 아침이 시작되면

하루가 바뀌고 인생이 달라지기 시작한다.

아침에 일어나는 방식을 바꾸면 삶 전체가 바뀐다는 걸 깨닫는 데는
그리 오랜 시간이 걸리지 않을 것이다.

– 《미라클모닝》 中 –

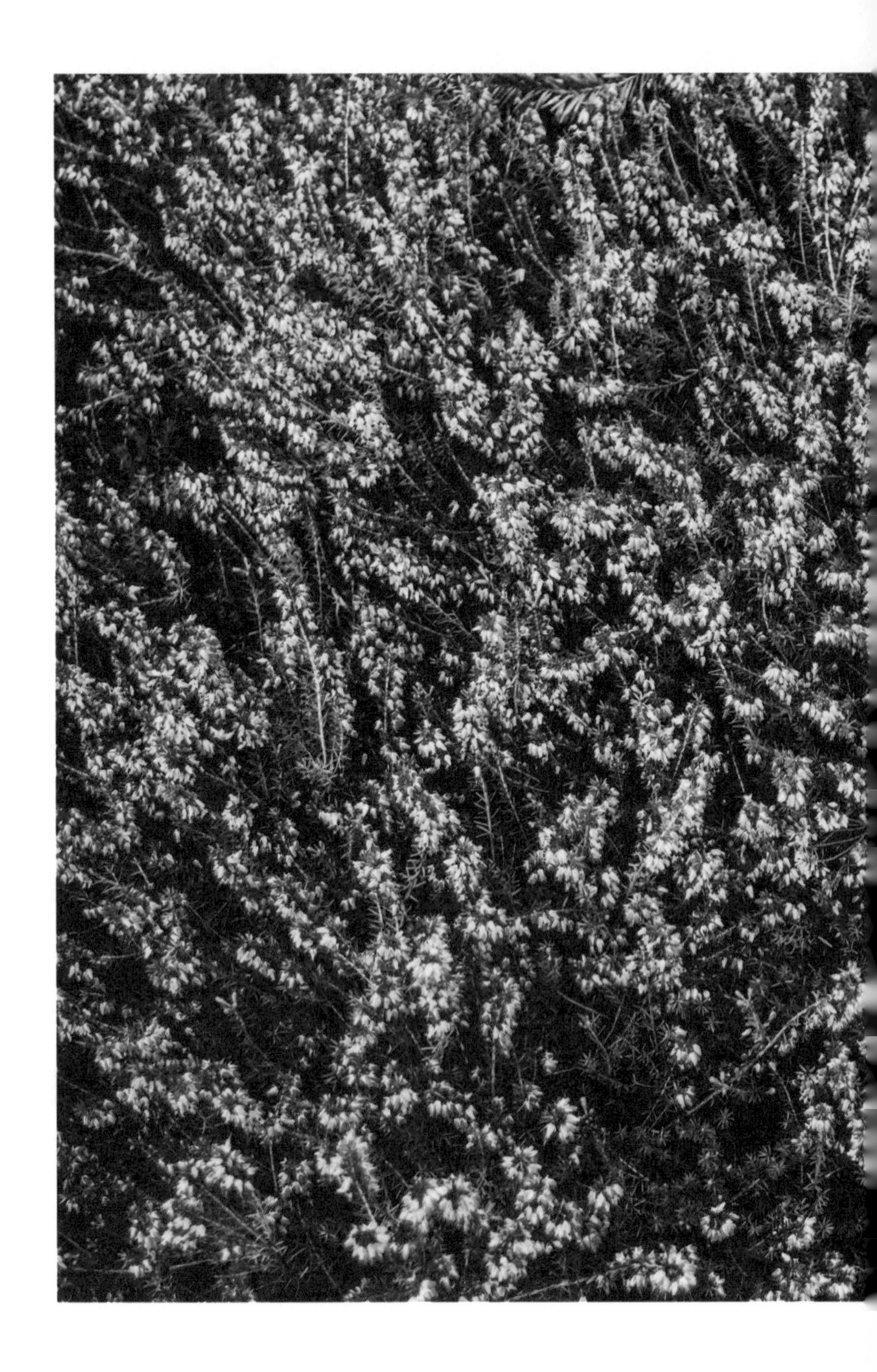

머릿속에 온갖 부정적인 생각들이 가득할 때
그 생각을 멈추는 쉬운 방법은 긍정적인 생각으로 덮어버리는 거예요.

자신만의 암시 문구를 만들어 시작해보세요.

자신에게 해로운 생각을 멈추고
매일 나에게 기쁨에 찬 말을 들려주는 것만으로도
놀라운 변화가 시작될 거예요.

•행복 필사•

내가 아무리 잘나도
나보다 잘난 사람은 있기 마련이다.

내가 아무리 못나도
세상에 나보다 못난 사람도 반드시 존재한다.

그렇기 때문에 남과 비교하면서
나를 끊임없이 불행하게 만드는 것은 부질없는 일이다.
그저 어제의 나보다 한 뼘 더 성장했는지 비교하자.

내 안의 열정의 불씨가 여전히 활활 잘 타오르고 있는지에 관심을 갖자.

그리고 내가 가진 것들, 내가 누리는 모든 것들에
고마운 마음을 지니자.

그렇게만 해도 인생이 달라지기 시작한다.

괜찮다
괜찮다
넌 아직
괜찮다

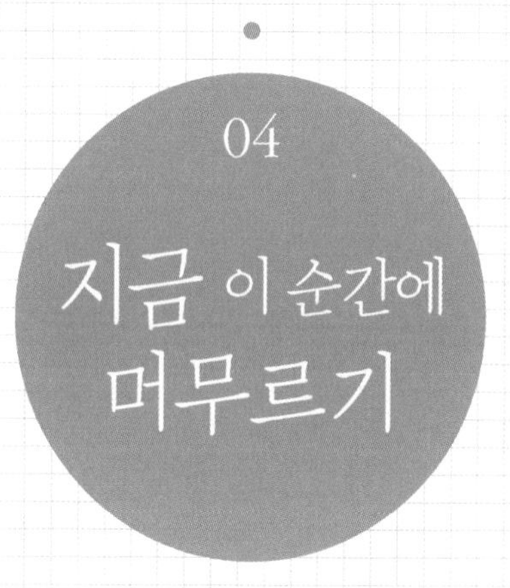

04 지금 이 순간에 머무르기

삶은 지금이다.

지금만이 유일하게 존재한다.

- 에크하르트 톨레 -

이 악물고 달리지 마세요

둘째가 태어난 후 6개월이 지날 무렵쯤
가슴 뛰는 꿈이 찾아 왔다.
대학 졸업 후 직장 생활을 시작하면서
오랜 시간 꿈 없이 살아왔는데
새로운 꿈을 찾은 후 마치 다시 태어난 기분이 들었다.

손끝까지 열정의 세포가 살아 움직이는 게 느껴지고
1분 1초가 아깝게 느껴졌다.

'내게도 이런 열정이 숨어 있었다니–'

변화된 내 모습을 보며 매 순간 놀랍고 경이로웠다.

한편으론 이 열정의 불씨가 다시 꺼질까 불안한 마음도 있었다.

또다시 꿈 없이 무기력하게 살았던 예전의 나로 돌아갈까봐 두려웠다.

그래서 열정의 불씨가 꺼지지 않게 더 열심히 달리고 싶었다.

하지만 아직 어린 두 아이들의 육아로

글 쓸 시간을 내기가 정말 어려웠다.

하루 걸러 밤을 지새우고 책을 읽거나 글을 써야 했다.

잠이 부족한 날은 몸이 힘들어 아이들에게 짜증도 자주 내곤 했다.

강좌에 참석해야 한다며 주말에 아이를 남편에게 맡기면서

남편과 다투는 일도 종종 생겼다.

급기야 귀엽고 사랑스러운 아이들이 짐처럼 느껴지기 시작했다.

아이를 키우면서도 빠른 속도로 꿈을 이루어가는 사람들을 보면서

마음이 초조해지기 시작했다.

그렇게 갈피를 못 잡고 흔들리고 있었던 무렵

《오늘 내가 살아갈 이유》라는 책을 만났다.

세계 100대 대학의 교수로 임명받고

얼마 후 말기 암 판정을 받게 30세의 위지안.

인생의 정점에서 시한부 선고를 받은 그녀는

삶의 끝에 와서야 알게 된 깨달음을

블로그에 한 자 한 자 기록하기 시작한다.

"차라리 날마다 아프고, 평생을 꼼짝 못하고 산다 할지라도
이토록 사랑하는 사람들의 얼굴을 보고
그들이 즐거워할 때 같이 웃을 수만 있다면
그 이상으로 바랄 게 없겠다."

너무도 살고 싶다는 그녀의 절박한 고백에
가슴이 너무 아팠고 책을 읽는 내내 수없이 오열했다.
그녀가 삶의 끝에서 남기고자 했던
가슴 절절한 외침 하나하나가 가슴 깊숙이 들어와 박혔다.

그녀 덕분에 인생에서 가장 중요한 것이 무엇이고
앞으로 어떻게 살아야 할지 다시 생각해 보게 되었다.
그때부터 나는 달라졌다.
더 중요한 것들을 위해 꿈으로 달리는 속도를 줄였어도
더 이상 초조하거나 불안하지 않게 되었다.

죽음 앞에서 더 많은 음식을 먹지 못해서
더 많은 꿈을 이루지 못해서 후회하는 사람은 없다.

사람들은 더 많은 사랑을 나누지 못한 것에 대해
깊이 후회하고 가슴 아파한다.
이 악물고 뛰느라 지금 이 순간 음미해야 할 행복을 놓치지 말자.

천천히, 나의 꿈

정신없이 바쁜 일과 중에서도

시간을 쪼개고 쪼개서 꿈을 키워나간다.

남들에게 빨리 인정받고 싶은 욕심에

자꾸만 마음이 조급해질 때도 있다.

그럴 때일수록 나는 '천천히'를 마음속으로 되뇐다.

내가 급하게 가야 할 이유가 없다.

미래의 행복을 위해 지금 이 순간의 행복을 미루지 말자.

성공은 현재 순간의 성공밖에 없다.

행복도 현재 순간의 행복밖에 없다.

삶의 속도 조절하기

며칠 전부터 몸이 자꾸 말을 걸어왔습니다.

요즘 정신없이 달리다 보니 피곤함이 쌓였나 봅니다.

오랜만에 집에서 혼자 늘어지게 낮잠을 잤습니다.

달리던 말에서 내려와 잠시 쉬어보니

내가 바쁘게 달릴 이유가 없었다는 것을 깨달습니다.

쉬는 것을 두려워할 이유가 없었습니다.

나를 바쁘게 만든 건 나 자신이었습니다.

오늘의 깨달음을 또 잊지 않도록 스스로에게 다짐해 봅니다.

'밀가루 음식으로 대충 점심을 때우지 않겠습니다.
일곱 시간의 수면시간을 지키겠습니다.
더 소중한 것이 무엇인지 늘 생각하고 행동하겠습니다.
나는 내 삶의 속도를 스스로 조절할 수 있는 사람입니다.'

숨은 행복 찾기

'엄마 사랑해요!'라고 꾹꾹 눌러 쓴 아이의 정성스러운 손편지에서

까르르 터지는 아이의 웃음소리에서

호기심 가득한 초롱초롱한 눈망울에서

따사로운 햇살과 짧은 휴식 속에서

매일 써내려가는 감사일기와 꿈의 목록에서

꼭꼭 숨어있던 행복들이 보인다.

'숨은 행복 찾기 놀이'

내일은 또 얼마나 많은 행복들이 숨어 있을까?

내 오감이 느끼는 것들

천사를 닮은 아이와 볼을 비빌 때마다

생각합니다.

볼에 닿는 부드러운 감촉,

아이 특유의 살 냄새,

옹알거리는 듯한 달콤한 음성,

가능하다면 지금 이 순간 내 오감이 느끼는 모든 것을

지워지거나 잊혀지지 않는 상자 속에 담아뒀다가

꺼내볼 수 있으면 참 좋겠다는 생각이 듭니다.

지금 이 순간,

내 눈앞에 펼쳐진 세계를 더 깊이깊이 음미하며

내 마음속에, 내 영혼의 상자에 깊숙이 담아봅니다.

행복은 지금 여기에

#휴일 풍경

남편이 두 아이를 데리고 외출을 했다.

썰물처럼 빠져나간 세 사람 덕분에 나만의 시간이 생겼다.

예고 없이 찾아온 보석 같은 이 시간을 어떻게 써야 할까?

밀린 빨래와 설거지부터 눈에 들어온다.

못 본 걸로 치고 두 눈 질끈 감아버린다.

그리고 최대한 여유롭고 우아하게 커피 한잔을 탄 후

감사노트를 펼쳐 지금 이 순간에 고마움을 전한다.

나만을 위한 소박한 점심상을 차리고

TV를 시청하며 깔깔 웃어보는 이 순간

행복은 지금 여기에.

#굿나잇

왼쪽엔 애교쟁이 아들, 오른쪽엔 귀염둥이 딸내미가 잠들어 있다.

아이들의 코 고는 소리가 오늘따라 유난히 씩씩하다.

잠든 두 아이를 번갈아가며 들여다보고

실컷 볼을 비비며 입을 맞춘다.

내 영혼을 꽉 채운 충만함을 안고 잠자리로-

굿나잇!

위시리스트 적어보기

한 달 후쯤 막내아이가 어린이집에 잘 적응하면 손꼽아 기다리던 자유가 몇 년 만에 찾아온다. 얼마 전 남편에게 물었다.

"군대 제대 후 자유의 기쁨이 얼마나 오래 갔어?"
"음- 두 달 정도?"

문득 딱 두 달 만큼은 내가 '해야 하는 일들'이 아닌 '내가 하고 싶은 일들'만으로 채워야겠다는 생각이 들었다. 그래서 한 달 후에 해보고 싶은 일들을 다이어리에 적어 보았다. 위시리스트를 쭉쭉 써 내려가는 것만으로도 기분이 좋아진다. 위시리스트는 드림리스트를 적는 것만큼 부담스럽지도 않다. 그저 하고 싶은 일들, 갖고 싶은 것들을 떠올려 보는 것만으로도 기쁨이 찾아온다. 위시리스트를 가만히 들여다보면 역시나 행복은 소소한 일상 속에 숨어 있다는 걸 또 한 번 깨닫게 된다.

〈꽃피는 봄이 오면 하고 싶은 것들〉

1. 교보문고 가기
2. 영화관에서 혼자 영화 보기
3. 출산 앞둔 친구에게 아기 옷 선물하기
4. 지인들을 만나 맛있는 음식을 먹으며 끝없는 수다 즐기기
5. 헤어숍에서 파마하기
6. 얼굴 점 빼기
7. 예쁘고 세련된 옷 구입하기
8. 도서관 가기
9. 조용한 커피숍에서 혼자 사색에 잠겨보기
10. 느리게 산책하며 기분 좋은 생각하기
11. 아이들 사진 인화, 액자 만들기
12. 댄스학원 등록하기
13. 매일 명상하기

...

기분 좋아지는 목록

《시크릿》을 처음 알게 된 건 십 년 전쯤이다. 자신이 원하는 것에 생각을 집중하면 현실로 이루어진다는 내용의 책이었다. 마치 엄청난 마법의 비밀을 발견한 듯 감동했지만 막상 삶에서 적용하기란 쉽지 않았다.

'도대체 왜 나는 안 되는 걸까?'

답답하기만 했다. 지금 생각해보면 안 되는 것이 당연했다. 내 감정 상태가 긍정이 아닌 부정에 가 있었기 때문이다. 그때는 가장 중요한 핵심을 몰랐다. 최근에서야 그 책에서 말한 끌어당김의 법칙을 제대로 이해하기 시작했다는 생각이 든다. 그 결정적인 계기는 내 감정에 민감해지려는 노력에서 시작되었다.

"기분 좋은 것보다 더 중요한 것은 없다."

영화 〈시크릿〉에 출연하기도 했던 제리와 에스더 힉스 부부는 이렇게 말했다. 현재 당신의 기분 상태가 좋지 않다면 분명 나쁜 생각에 빠져있다는 증거이고, 현실에서 당신이 원하지 않는 것들을 끊임없이 창조하고 끌어당기고 있다는 증거라고.
그렇다면 이런 의문을 갖는 사람도 있을 것이다.

"사람인데 어떻게 늘 기분이 좋을 수만 있나요?"

나 역시 쉽게 우울해지는 성격이라 어려웠다. 하지만 감사의 에너지 안에 머무르게 되자 점점 마음의 주인이 되어가고 있다. '감사만큼 강력한 긍정에너지를 가진 것이 또 있을까?'라는 생각이 든다. 감사 일기를 매일 쓰며 감사하는 법을 배우고 실천한 후에야 《시크릿》에서 감사하기를 매우 강조했었다는 것을 알게 되었다. 그렇게 여러 번 읽었던 책인데 과거엔 감사하는 마음은 눈에 들어오지도 않았고, 그저 원하는 것만 요청하기에 바빴던 것이다.

내가 누리는 모든 것들에 감사하기 시작하면서
자연스럽게 기분 좋은 시간들이 늘어나게 되었다.

내 감정을 예민하게 알아차릴 수 있게 되었고
감정을 지휘할 수 있는 힘이 생기기 시작했다.
원하는 것들을 끌어당기지 못하는 이유는
감사하기를 실천하지 않았기 때문이다.
그로 인해 당신의 감정 주파수가 기분 좋음에
머물러 있지 않았기 때문이다.
'어떻게 하면 기분이 좋아질까?'
라는 생각을 하며 노력해본 적이 있는가?
지금 당장 기분 좋아지는 목록을 써내려가며
내가 누리는 모든 것들에 감사한 마음을 품어보자.
마법은 그 순간부터 시작된다.

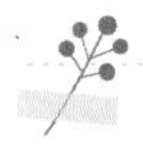

〈나의 기분 좋아지는 목록〉

1. 가족과 함께 깔깔 웃을 때
2. 혼자 극장에서 영화를 볼 때
3. 긍정 에너지가 생기는 책을 읽을 때
4. 좋아하는 사람들과의 식사와 수다
5. 청소를 말끔히 끝냈을 때
6. 누군가에게 도움을 주었을 때
7. 천천히 자연을 음미하며 산책할 때
8. 감사일기 & 감사편지를 쓸 때
9. 신나는 음악에 맞춰서 막춤을 출 때

10. 내 생애 가장 행복했던 순간들을 추억할 때
11. 글을 쓰며 사색할 때
12. 욕조에서 여유롭게 목욕할 때
13. 수건을 삶은 후 느껴지는 개운함
14. 스타벅스에서 바닐라 라테 한잔
15. 헤어숍에서 머리를 손질할 때
16. 읽고 싶었던 책을 마음껏 살 때
17. 예쁜 노트와 편지지 등을 살 때
18. 비 갠 뒤 느껴지는 청량한 공기를 마실 때
19. 맛있는 음식을 천천히 음미할 때
20. 예쁘고 깔끔한 공간에 있을 때

...

카르페 디엠

'카르페 디엠(carpe diem)'

지금 이 순간을 살아라!

이 말 예전부터 참 많이 들었었는데

도대체 무슨 말인지 이해도 안 가고 영 아리송하더라고요.

그런데 감사일기를 시작하고

감사하는 법을 배우면서 늘 감사하는 마음으로 살다보니

'지금 이 순간'과 '감사'는 환상의 짝궁이라는 걸 알게 되었어요.

지금 내 눈앞에 있는 것들에 감사함을 품어보세요.

지금 마시는 물 한잔에 고마워하고

지금 마시는 공기에 고마워하고

지금 보이는 하늘에 고마워하고

이렇게 순간순간 내가 누리는 것들에

고마운 마음을 갖는 것이

결국은 지금 이 순간을 살아가는 방법이더라고요.

지금 내 눈앞에 있는 것들에 감사하다 보면

과거와 미래에만 머물던 마음이

지금 이 순간을 살아가기 시작한답니다.

감사일기를 쓰는 이유는 일기를 쓰는 그 자체에 있지 않다.

매일 감사하는 습관을 키워

감사의 마음을 매 순간으로 확대하기 위해서다.

'감사함의 공간'에 머무르게 되면

과거나 미래에 대한 걱정, 근심이 사라지고

지금 이 순간을 붙잡을 수 있게 된다.

내가 있어야 할 곳

몽롱하고 피곤한 아침,

어제 참 오랜만에 감정선이 무너져 당황스러웠던 여파가

아침까지 이어지는 느낌이었다.

힘을 얻고 싶을 때마다 수시로 펼쳐 보는

오프라 윈프리의 《내가 확실히 아는 것들》을 꺼내 들었다.

아무 곳이나 무심코 펼쳐도

마치 현재의 내 상태를 모두 다 알고 있었다는 듯이

절묘하게 나에게 꼭 필요한 말을 건넨다.

태풍의 눈 안에 갇혀도 신께서 구름 안에 무지개를
넣어 놨다는 것을 알기 때문에 고맙다고 하는 거예요.
자, 다시 말해봐요. 고맙습니다!

— 《내가 확실히 아는 것들》 中 —

부드럽지만 강력한 기운을 내뿜는
그녀의 이야기를 읽다가
머릿속이 순간 '반짝' 하며 몸에 힘이 생기기 시작한다.
마치 구덩이에 빠졌다가 '폭' 하고 다시 솟아오른 느낌이다.
분명히 나는 같은 자리에 앉아 있는데
나의 내면세계는 방금 있던 세계와는 전혀 다른 곳이다.
찰나의 순간 놀라운 변화다.

수시로 자신의 감정을 살펴보자.
내 기분이 좋은지 나쁜지 자주 살펴보며 민감해져야 한다.
그렇게 자신의 기분에 민감해지면
내 기분이 우울한 상태에 머물러 있을 때
바로 알아차릴 수 있게 된다.
그리고 그곳을 빠져나오겠다는 의지를 갖게 된다.
자신의 감정을 알아차리고 그곳을 빠져나오겠다고 마음먹는 순간
당신은 다른 세계로 옮겨 갈 수 있다.

당신의 마음이 머물러야 할 곳은
오직 '지금 이 순간'
바로 '이곳'뿐이다.

지금 무엇을 보고 있나요?

비 오는 날 정신없는 출근길.

당신은 무엇을 보며 어떤 생각을 하셨나요?

혹시 비로 젖은 옷과 신발에 화가 나고

빗길 교통 체증 때문에 짜증나 있지는 않았나요?

부정적인 생각을 멈추고 잠시 고개를 돌려보세요.

촉촉이 젖어 생기 있게 빛나는 잎사귀가 눈에 들어올 거예요.

비 갠 후 공기는 얼마나 더 청량해졌는지 느껴보시고요.

행복에 젖은 새들의 지저귐이 혹시 들리시나요?

하나씩 떠올리다 보면 수많은 축복을 내려준 자연에

저절로 감사한 마음이 솟아오른답니다.

어떤 것을 바라보고

어떤 마음으로 살아갈지

모두 당신에게 달려 있습니다.

끊임없이 감탄하라

“시원해졌지요?”

“아- 추워요.”

이웃 할머니의 아침 인사에 춥다고 말하며 웃었다.

엄살이 아니다.

살갗에 닿는 기운이 서늘하여 긴팔 옷 생각이 절로 난다.

이글이글 타오르는 더위에 한 달 넘도록

숨 쉬기 힘들 만큼 더웠던 게 바로 어제 일인데-

‘도대체 밤새 무슨 일이 있었던 걸까?’

밤사이 조용히 내린 비가 온 세상을 한순간에 바꿔놓다니.

모든 것이 찰나 -

자연의 경이로운 힘에 감탄하고 또 감탄한다.

이 기적 같은 변화를 지켜보며

무덤덤하게 지나가는 사람이 있고

누군가는 감탄하고 감탄할 것이다.

당신은 지금 감탄하고 있는가?

끊임없이 감탄하라!

행복의 비밀은 여기에 또 하나 숨어 있다.

삶의 경이로움이 부르는 소리

언제부터였을까요?

굳이 귀 기울이려 애쓰지 않아도
새소리, 빗소리, 풀벌레 소리가
일상에서 자주 들리기 시작했습니다.
그 소리에 조용히 귀를 기울이기만 해도
마음이 평온해지고 가슴 가득 큰 기쁨이
차오른다는 것을 알게 되었습니다.

새소리, 빗소리, 자연의 소리는
'삶의 경이로움이 우리를 부르는 소리'라고 합니다.
시끄러운 마음의 소리에서 벗어나세요.
하던 생각을 멈추고, 호흡에 집중하며
마음을 고요하게 만들기 위해 노력해보세요.
삶의 경이로움이 부르는 소리를 듣게 될 거예요.
그때부터 온 세상이 기적으로 가득 차 있음을 깨닫게 된답니다.

행복은 아주 작고 사소한 것

행복한 사람인지 아닌지를 확인하는 쉬운 방법이 있다.
일상의 아주 작고 사소한 것들에
감탄하고 감사할 줄 아는가를 보면 된다.

물질적인 소유나 꿈의 성취는
근본적으로 행복 기준선을 끌어올리는데
큰 영향을 주지는 못한다.

중요한 것은 마음이 얼마나 열려 있고
일상을 바라보는 시선이 어떤가에 달려 있다.

코끝을 스치는 상쾌한 바람,

아름다운 새들의 지저귐,

시원하게 쏟아지는 물줄기,

떨리는 눈 맞춤,

일상의 기적을 알아차리는 찰나의 순간들.

행복은 크고 화려한 것에서 오는 것이 아니라

아주 작고 사소한 것에서 온다.

죽음 앞에서 더 많은 음식을 먹지 못해서
더 많은 꿈을 이루지 못해서 후회하는 사람은 없다.
사람들은 더 많은 사랑을 나누지 못한 것에 대해
깊이 후회하고 가슴 아파한다.

이 악물고 뛰느라 지금 이 순간 음미해야 할
행복을 놓치지 말자.

새소리, 빗소리, 자연의 소리는
'삶의 경이로움이 우리를 부르는 소리'라고 합니다.

시끄러운 마음의 소리에서 벗어나세요.
하던 생각을 멈추고, 호흡에 집중하며
마음을 고요하게 만들기 위해 노력해보세요.

삶의 경이로움이 부르는 소리를 듣게 될 거예요.
그때부터 온 세상이 기적으로 가득 차 있음을 깨닫게 된답니다.

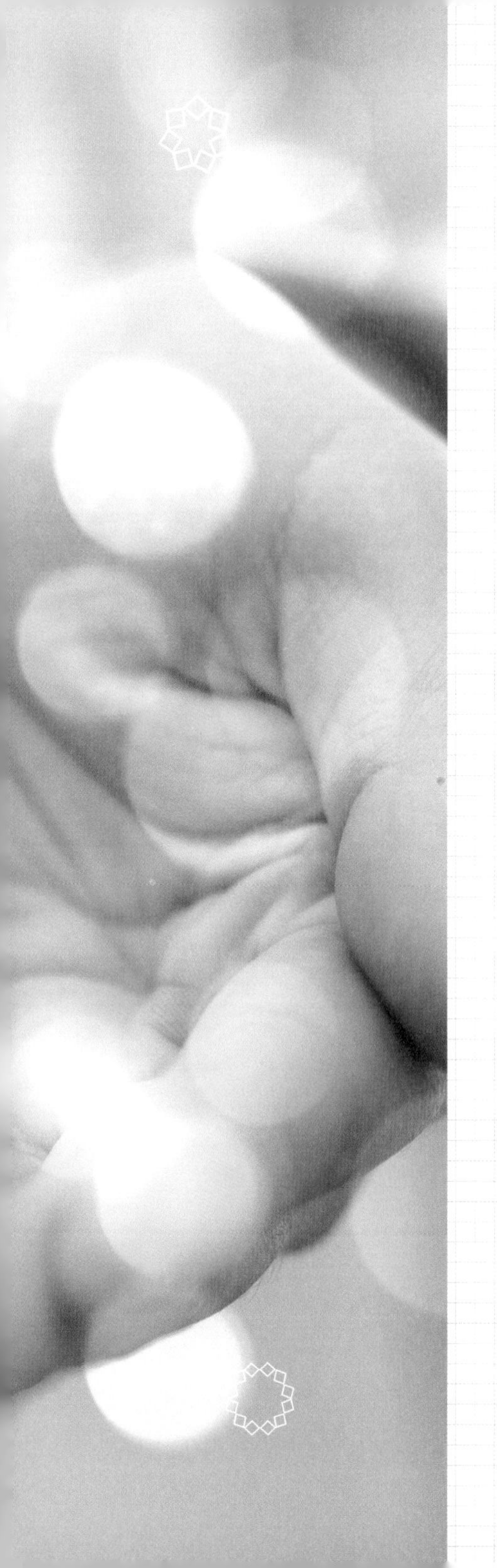

05

자주 웃고 더 많이 사랑하기

우리가 잠시 서로의 눈을 들여다보는 것보다 더 기적적인 일이 있을까?

- 헨리 데이비드 소로 -

몸속의 간도 웃어야 해

내면에 관심을 기울이고 감정 상태를 예민하게 주시하기 시작할 무렵부터 기분이 좋아지는 노래들을 수시로 찾아 듣기 시작했다. 처음에는 노래들을 그냥 듣기만 했는데 언젠가부터 노래를 부르며 춤을 추기 시작했다. 딸아이는 그런 엄마의 모습을 보며 춤이 후졌다고 가끔 놀리기도 하지만, 남을 의식하지 않고 추는 춤은 언제나 흥겹다. 춤을 추면 가라앉으려던 기분이 다시 떠오르고, 어깨를 짓누르는 듯한 피곤함이 순식간에 날아가 버릴 때도 있다.

춤을 출 때 굉장한 기쁨이 솟는다는 것을 감지하고, 올 봄 재즈댄스 학원에 등록을 했다. 막춤이 아니라 제대로 된 춤을 배우면 더 즐겁게 춤을 출 수 있지 않을까 하는 기대감 때문이었다. 그런데 나의 부푼 기대와는 달리 수업 시간은 집에서 홀로 막춤을 추는 시간만큼 즐겁지 않았다. 3개월이 흐르고 춤 실력이 조금씩 향상되면서 진도를 따라가긴 수월해지기는 했지만 기쁨은 그렇게 커지지 않았다.

최근에서야 그 이유를 알았다. 내가 학원에서 춤을 출 때는 거의 웃지 않는다는 것이었다. 다른 사람의 시선을 신경 쓰고, 새로운 동작을 익히는데 바빠서 미소 지을 여유가 없었다. 얼마나 많은 시간이 흘러야 웃으면서 춤을 즐길 수 있을까? 어쨌든 몇 개월간 춤을 배우며 한 가지 깨달음을 얻었다. 춤출 때 솟는 기쁨은 춤의 완성도와는 관계가 없다는 것이다. 내가 즐겁게 춤을 추기 위해서는 누구의 시선도 신경 쓰지 않고 오직 나의 기쁨 속에 빠져들면 된다.

"얼굴도 웃고, 마음도 웃고, 몸속의 간도 웃어야 해."

〈먹고 기도하고 사랑하라〉에 나오는 명대사이다.
진짜 자아를 찾아 여행 온 리즈에게
발리의 늙은 주술사 케투는 몸속의 간까지 웃어야 한다고 조언한다.
몸속 장기까지 웃는 법, 그것이 바로 춤이 아닐까?
어린아이가 기뻐하는 순간을 떠올려보자.
얼굴뿐만 아니라 방방 뛰며 온몸으로 기쁨을 표현한다.
그 기쁨이 자연스럽게 연결된 것이 춤이다.
자라면서 타인의 시선을 의식할수록

춤추는 기회 또한 점점 줄어든다.
춤추는 시간이 줄어든다는 것은
기쁨을 만끽하는 시간도 주는 것이 아닐까?

어린아이처럼 온몸으로 기쁨을 표현해보자.

기뻐서 춤을 추기도 하지만
춤을 추기 때문에 기뻐지기도 하니까.

연민의 마음,
용서하는 법

이른 아침 아이의 등굣길,

아파트 주민이 경비원에게 언성을 높인다.

'도대체 무슨 일이지?' 자꾸만 시선이 간다.

고래고래 소리 지르는 흥분한 주민의 고함소리에

전혀 동요되지 않고 차분하고 이성적으로 대응하는

경비원 아저씨의 모습이 인상적이다.

문득 20대 초반,

서비스센터에서 근무했던 내 모습이 떠오른다.

사람들에게 웃으면서 대하는 서비스직이 적성에 잘 맞았지만 분노로 가득 찬 고객을 상대할 때면 쉽게 지치고 화도 났다.
절차에 따라 접수하는 나에게

"수리기간이 왜 이렇게 길어요?"
"수리비는 왜 이렇게 비싸요?"

온갖 불평불만과 화를 쏟아냈다.

"도대체 왜 나에게 화풀이를 할까?"

그땐 몰랐다. 그 고객이 바라는 건
화가 난 자신의 마음을 바라봐달라는 것임을.

몇 달 전 책 한 구절이 가슴 깊숙이 파고들었다.

'타인을 연민의 마음으로 바라보면
그를 깊이 이해하고 용서하게 된다.'

그 후 나를 화나게 하는 사람이 생길 때마다
연민의 마음을 가지고 바라보려 애쓰니
거짓말처럼 그 사람에 대한 분노가 수그러들었다.
남편이 나에게 이유 없이 짜증을 낼 때도

그를 연민의 눈으로 바라보려 노력한다.

'회사에서 하루 종일 사람들에게 오죽 시달렸으면 저럴까?'

그런 마음으로 바라보려 애쓴 후부터
남편과 다투는 일이 줄었다.
무엇보다 내 마음이 평온해졌다.

좀 불친절한 상점 직원들을 만나면
예전엔 부당한 대우를 받은 것에
괜히 화가 나곤 했는데 연민의 마음으로 바라보려 하니
그들의 아픔이 보였다.

'오늘 몸이 어디 안 좋으신가?'
'무슨 안 좋은 일이 있었나?'

돌이켜보니 언젠가부터
아빠에 대한 연민의 마음이 생기기 시작했다.

'아빠도 얼마나 힘드셨으면 그렇게 술에 의존하셨을까?'

이제야 깨달았지만 아빠에 대한 원망이 사라진 배경에

연민의 마음도 있었다.

절대로 용서할 수 없을 것 같은 사람이 있다면
연민의 마음으로 이해하려 노력해보자.
상대에 대한 원망이 서서히 녹으면서
당신의 깊은 상처까지 치유될 것이다.

우리는 저마다 짊어진 삶의 무게와 고통으로 힘들어한다.
나만큼 타인도 힘들다는 것
그의 아픔도 별반 나와 다르지 않다는
연민의 마음을 가질 때 우리는 타인을 이해하고 용서하게 된다.
그리고 내면의 평온을 얻는다.

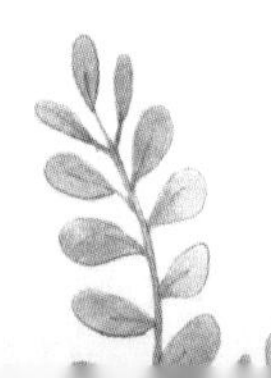

나만 옳다는 생각은 위험하다

얼마 전 어머님께서 TV에서 본 내용을
잘못 이해하셔서 다시 설명해드리니
자꾸 아니라고 하셔서 하마터면 논쟁까지 갈 뻔했다.
'연세 많은 어르신이라 그런가 보다' 하고 넘어가면 될 것을
나는 굳이 끝까지 내 말이 옳다는 걸 증명하고자 했다.
그런 나의 모습을 확인하는 찰나에 충격을 받았고
얼마 전 들었던 강연 내용이 떠올랐다.
"교수들 중 성격 이상한 사람 진짜 많아."
그분은 얼마 전까지 자신이 교수였음에도
신랄하게 교수들을 비판했다.

그러면서 이런 말씀도 덧붙이셨다.

"자기만 옳다고 생각하는 게 가장 나쁜 거야."

타인을 가르치는 입장에 있는 사람들은
사회적으로 존경받는 위치에 있다 보니
자신도 모르는 사이에 '나만 옳다'는 생각에
쉽게 빠져들 수 있겠다는 생각이 들었다.

'나만 옳다는 생각은 위험하다.'

우리의 삶을 더욱 힘들게 만드는 건
어쩌면 우리가 가진 고정관념을 끝까지 지켜내려는
아집에서 오는 건 아닌지 생각에 잠기게 된다.

주변 사람을 바꾸고 싶다면

"현순아, 고마워. 너랑 얘기하는 것만으로도 힐링된다."

"언니, 고마워요. 언니처럼 저도 앞으로 다른 사람을 힐링해주고 싶어요."

언제부턴가 나와 통화하거나 만나고 난 후
지인들이 보낸 메시지를 들여다보면
'힐링'이라는 단어가 등장하기 시작했다.

무기력함, 우울감에 허덕이던 내가
누군가에게 힐링이 되는 존재가 되었다니

정말 감사하고 기적 같은 일이다.

내가 그들에게 대단한 조언을 한 것은 아니다.
단지 내면세계의 변화로 내가 하는 말과 행동이 과거와 달라졌고
뿜어내는 기운이 달라졌으리라.

"나 감사일기 다시 시작하려고-
쓰다 보면 내 삶도 너처럼 변화될 것 같아서 너무 설레네."

주변 사람을 바꾸고 싶다면 내가 먼저 바뀌면 된다.
내가 행복해 보이면 그들이 그 비결을 물어볼 것이고
그때 알려주면 된다.

자식에게 남기는 최고의 유산

"○○네 결혼할 때 샀던 집이 몇 년 새 몇 억 올랐대. 네 오빠도 전세 그만 살고 빨리 집 사라고 해야겠어."

"엄마, 그런 건 오빠네가 알아서 하게 그냥 두세요. 그렇게 잘 알면 엄마는 왜 부자가 안 됐어요?"

"엄마가 못했으니깐 오빠라도 제대로 하라고 알려주는 거 아니야."

"엄마가 지금 생각하는 것들이 정답이 아닐 수도 있잖아요."

자신도 못 이룬 것을 자식들만큼은 이루었으면 하는 욕심에 분가한 자식들의 삶까지 간섭하려는 부모들이 적지 않다.

그런데 지금 부모가 자식에게 알려주고 싶은 것이

정답이 아닐 수도 있지 않은가?

설사 정답이라 해도 삶을 간섭하는 듯한 태도는

자식들에게 도움이 되지 않는다.

자식들의 인생을 지휘하고 싶은 욕심은 내려놓고

자신의 삶을 행복하게 살아가는데 더 노력을 쏟아보자.

부모가 자식에게 남겨 줄 수 있는 최고의 유산은

'삶의 마지막 순간까지 늘 즐겁게 살았던

행복한 부모의 모습'이라는 말도 있지 않은가.

"엄마처럼 나이 들어서도 재미있게 살고 싶어요"라고
자식들이 말해준다면 그것만큼 성공적인 인생도 없을 듯하다.

지금 이 순간 내 자신을 행복하게 만드는 일에 더 집중해보자.
자식에게 남기는 최고의 유산이 덤으로 따라올 것이다.

날 지켜준 친구야, 고마워!

"지아가 유치원에서 단짝이 생겼는데 예전에 우리 모습을 보는 것 같아. 지아 친구가 너랑 성격이 정말 비슷해."

"내 성격이 어떤데? 나도 잘 모르는 내 성격 좀 알려줘."

"지금 성격 말고 초딩 시절 네 성격. 지금이랑은 또 다르지."

"아 왕소심, 부끄럼쟁이였던? 그땐 네가 나보다 훨씬 용감했는데~"

"그니까 그 꼬마친구가 딱 그래. 지아는 예전에 나처럼 센 척하며 그 친구를 리드하고."

"야, 진짜 웃긴다."

친구가 그녀의 딸에 대해서 이야기하던 중 카톡으로 2장의 사진을 보냈다. 수줍은 듯 고개 숙인 친구의 모습은 꼬맹이 시절 내 모습이고, 어깨동무하며 친구를 보호하는 듯한 모습의 사진은 영락없는 내 친구의 꼬맹이 시절 모습이다. 사진을 보는데 가슴속에서 뭔가 뜨거운 감정이 솟아오른다.

"이 사진들 보니까 네가 날 잘 챙겨줬던 게 떠올라서 가슴이 막 뭉클해. 새삼 고맙다 친구야."

"그때 내 눈엔 너가 너무 착해서 험한 세상에서 다칠 것 같은 느낌이 었어. 꼬마친구 볼살도 너를 똑 닮은 게 얘네 둘 보고 있으면 이십여 년 전 추억이 새록새록 떠오르는 거 있지?"

까맣게 잊고 지냈다.
꼬맹이 시절부터 친구가 나를 얼마나 아끼고 사랑해줬는지-
크리스마스에 엽서들을 이어 붙여 선물해줬던 일,
연예인을 꿈꾸던 나를 위해 매니저를 자처하며 용기를 북돋워줬던 일,
수줍음에 미처 나눠주지 못한 생일초대장을 나서서 남자친구들에게 나눠줬던 일.

중학생이 되어서도 이어졌다.
라디오 별밤 뽐내기 대회에 나가기 위해 연습한 내 노래를 지겹도록 반복해서 들어줬던 일,

내가 좋아하는 연예인을 만나기 위해 추위에 떨며 한참을 기다려 줬던 일,

함께한 세월이 긴 만큼 추억하면 끝도 없는 이야기들이 꼬리를 물고 이어진다.

그렇게 친구는 참 오랜 시간 동안 내 보호자 역할을 자처했던 것 같다.

그런데 소심하던 내가 점점 대범해지고 용감해지면서

오히려 잔소리쟁이 친구가 되었다.

그러다 보니 부끄럼쟁이 시절 날 지켜줬던

친구의 고마움까지 어느새 슬며시 잊었나 보다.

지금에서야 친구에게 갚아야 할

마음의 빚이 너무나 많다는 생각이 든다.

오늘부터 더 많이 사랑하고 더 많이 고마워하면

친구에게 진 빚을 조금씩 갚아 나갈 수 있을까?

니가 웃으면 나도 좋아

고2 때 단짝이었던 친구가 결혼 6년 만에 아이를 낳았다.

고령 산모라 검사마다 자꾸 걸려서

아이를 무사히 낳는 것만 신경 쓰고 걱정하느라

배냇저고리 말고는 아이 내복 한 장 준비할

마음의 여유가 없었다고.

원래 걱정이 많은 친구인데 임신 기간 내내 얼마나 걱정하고

마음 졸였을지 훤해서 마음이 짠하다.

미리 사두었던 앙증맞은 아기 원피스와 막내의 헌 옷가지들을 바리

바리 챙겼다. 내복, 우주복부터 겉옷까지 꽤 양이 많다.

천덕꾸러기 신세가 될 뻔한 물건들이 소중한 친구의 아이에게 전달되어 귀하게 쓰일 생각을 하니 기분이 좋다.

고등학교 때 나는 자주 우울하고 가슴이 답답했다.
그럴 때마다 쉬는 시간 친구의 손을 잡고 운동장에 가
텅 빈 운동장을 향해 고래고래 소리 지르곤 했었다.

지나고 보니 그때 옆에 있어준 친구의 존재가 더없이 고맙다.
그때 힘들어하던 내게 해줬던 친구의 말은 아직도 잊히지 않는다.

"나 너무 우울하고 답답해."
"대체 왜? 나는 니가 웃는 모습만 봐도 기분 좋아지는데-"

사회생활을 시작하고,
각자 가정을 꾸리고 만나고 연락하는 횟수는 점점 뜸해졌지만
오랜만에 통화해도 늘 서로를 그리워하고 생각하고 있음을 느꼈다.

친구에게 축복의 마음을 담아 정성스레 편지를 썼다.
그 시절 추억들이 떠올라 여러 번 울컥했다.

추억할 수 있고 고마운 마음을 전할 수 있는 친구가 있음에
기쁘고 감사하다.

TO. 사랑하는 친구 쏘!

고등학교 때 하교 후 떡볶이 사 먹으며 수다 떨던 그때,

가슴이 답답해 쉬는 시간 니 손잡고 운동장에서

소리치던 그때,

그때 그 시절, 소중한 추억들이 가끔 생각나곤 해.

힘들었던 그 시절 너의 존재가 얼마나 큰 힘이 되었는지-

예쁜 아기 낳고 행복한 가정을 꾸리고 싶다던

소녀 시절 그 꿈이 드디어 이루어졌구나.

이 벅찬 순간을 두 손 모아 축하할 수 있어서 무척 기쁘고 행

복해.

자주 만나진 못했어도 우린 늘 함께였던 것 같다.

앞으로도 늘 함께였으면 좋겠다.

언제 어디서나 너의 행복을 빌어!

- 너의 벗 쑨 -

우리는 남이 아니다

"어? 요즘 이 회사 불매 운동하던데-. 나도 그 제품 안 쓰려고."

"자긴 쓰던 브랜드 아니면 잘 못 쓰잖아."

"어제 가습기 살균제 때문에 희생당한 아이들이 TV에 나오는데 너무 불쌍하더라고."

남편은 자신의 가족 외에는 철저히 남이라고 생각하는 사람이다. 평소엔 자기 가족 외에는 피도 눈물도 없을 것처럼 냉정한 남편이 가끔씩 타인을 향한 연민의 마음을 보이거나 사랑의 손길을 뻗을 때가 있다. 그런 모습을 볼 때면 남편의 마음 깊은 곳에는 따뜻한 마음이 숨어있다는 걸 느끼게 된다.

우리는 살면서 경쟁을 하고, 타인에게 피해를 입었던 기억들 때문에 나와 남을 자꾸만 분리해버린다. 내가 살아남기 위해서는 어쩔 수 없다고. 대낮에 칼을 휘두르는 정신이상자들이 언제든 우리를 헤칠 수 있다는 뉴스에 경계의 태세를 더욱 높인다.

하지만 그럴수록 우리는 하나로 연결되어 있다는 사실을 더 깊게 깨달아야 한다. 그의 아픔을 나 몰라라 했기 때문에 내가 이렇게 고통받는 것이고, 그가 행복해져야 내가 행복할 수 있다는 것을. 우리는 타인의 불행 앞에서 결코 행복할 수 없는 존재란 걸.

우리 모두는 하나로 연결되어 있다는 비밀을 깨달은 이들은
남에게 아낌없이 베풀며 깊은 행복감과 기쁨에 젖어 산다.
타인을 돕는 일은 결국 나를 돕는 일이기에-

사랑은
영혼의 본질이다

911테러로 희생당한 이들이 죽기 직전 남긴 말
"사랑해."

故 김수환 추기경의 유언
"서로 사랑하세요."

《모리와 함께한 화요일》의 모리 교수가 남긴 말
"사랑을 나누어 주는 법과 사랑을 받아들이는 법을 배우는 게 인생에서 가장 중요하다."

죽음 앞에 서면 우리가 서로 얼마나 사랑했는지만 남는다고 한다.

죽음 앞에서 후회하는 일이 없도록

내 안에 사랑을 가득 채우고 나누는 일에 더욱 관심을 기울여야겠다.

내 영혼이 더욱 깊이 눈뜰 수 있게-

사랑은 영혼의 본질이다.

엄마는 몇 살까지 살고 싶어?

"엄마는 몇 살까지 살고 싶어?"

딸아이는 오래전부터 나에게 이 질문을 던지곤 했다.
아이가 네 살 무렵 시아버님이 갑자기 돌아가셨는데
그게 충격이어서 그런가 싶기도 하다.

나는 오래 살고 싶지 않았다.
삶은 고통이라는 생각을 갖고 있었다.
'뭐 좋다고 이 고통을 오래오래 누려'
라고 생각 했던 적도 있었다.
조금만 힘든 일이 생기면

자주 죽고 싶다는 생각을 할 만큼 나약한 사람이었다.

언젠가부터 아이가 그런 질문을 할 때마다
내 속을 들킬까 걱정이 될 때도 있었다.
그래서 대답을 미루고 아이에게 물어보곤 했다.

"글쎄, 엄마 몇 살까지 살까?"
아이는 오래오래 살라고 했다.
엄마, 아빠가 늙으면 용돈 많이 줄 테니까.

내면의 힘이 강해지면서
삶이 고통뿐이라는 생각은 조금씩 사그라들었지만
그렇다고 천년만년 살고 싶은 생각은 없었다.

'늙어서 추한 모습 많이 보이지 않고 적당히 살다가 떠났으면'
하는 정도의 생각을 가졌었다.

오늘 아침, 아이가 내게 다가와 또 묻는다.

"엄마 몇 살까지 살고 싶어?"
"엄마는 100살까지 살래."
놀란 아이의 시선이 느껴진다.

"엄마는 세상을 위해 하고 싶은 일이 많아졌어.
그래서 오래오래 살면서 그 일들을 하고 싶어."

나의 내면세계에 또 한 번 놀라운 변화가
일어나기 시작했다는 직감이 든다.

아이는 내게 때때로 대답하기 곤란한 질문들을 던진다.
그 질문에 대한 대답이 조금씩 달라지면서 나도 자라고 있음을 느낀다.

감사편지의 경이로움을 아시나요?

둘째를 임신했을 때 산부인과 담당 의사선생님은 아주 예쁘고 어려 보이는 여자 분이었다. 사실 어려 보인다는 게 산모 입장에서는 그리 좋지만은 않았다. 왠지 연륜이 적어서 조금 서툴지 않을까 아닐까 하는 불안함이 있었으니까. 하지만 나는 담당 선생님의 환한 미소와 조곤조곤하고 따뜻한 말투가 너무 좋았다. 그래서 쓸데없이 걱정 많은 산모가 그분을 끝까지 믿고 따라가기로 마음먹었다. 10개월 내내 병원은 항상 사람들로 붐볐고 지칠 법도 한데 선생님은 단 한 번도 얼굴을 찡그리시거나 피곤한 내색을 보인 적이 없었다. 어떻게 한결같이 환하게 웃을 수 있을까 놀랍기까지 했다.

분만하는 그날까지 불안해하는 산모를 다독여 주시며 마음 써 주셨고 덕분에 무사히 자연 분만할 수 있었다. 아이를 건강하게 출산하고 나니 그제야 처음에 선생님을 완전히 신뢰하지 못했던 것이 미안해졌다. 내 탓이 아니라 너무 예쁘고 어려 보이는 선생님의 외모 때문이라고 애써 부정했지만. 출산 후 아이를 낳고 키우다 보니 또 정신없이 시간이 흘러버렸다. 1년을 훌쩍 넘기고 오랜만에 병원에 진료를 하러 가게 되었다. 아이를 낳고 제대로 감사인사를 못 드렸던 게 늘 마음에 걸렸었는데 부랴부랴 짧은 감사편지와 함께 작은 선물을 준비했다.

"선생님 덕분에 예쁘게 태어난 아기가 무럭무럭 건강하게 자라고 있어요. 늘 환한 미소로 따뜻하게 맞아주셔서 항상 감사했어요."

전에는 가족이나 친구에게 선물을 전할 때 메시지를 적는 일이 참 어려웠는데 1년간 매일 감사일기를 써온 덕분인지 이제는 내게 더 이상 어렵고 성가신 일이 아니었다. 하지만 전달하면서 왠지 모르게 좀 쑥스러운 느낌이 들어 용기를 내야 했다.

"선생님, 감사인사가 너무 늦었어요."
"아이 무슨 감사인사를요."

진료실을 빠져나와 집으로 오는 내내 선생님께 편지와 선물을 전달하는 순간 느끼며 경험했던 감동이 가시지 않았다. 선물을 건넨 건 나인데 가슴을 적시는 그 여운이 좋아서 자꾸만 곱씹고 있었다.

'내 가슴속에서 솟아나는 기쁨과 감동의 정체는 무엇일까?'

라는 물음이 생기기 시작했다. 과거에도 누군가에게 감사편지를 쓴 적이 있을 것이다. 그러나 과거엔 이렇게 내가 느끼는 감정에 예민하게 반응하지 않았었고, 스스로 물음을 던지지 않았기에 인지하지 못했다.

나는 자신에게 던진 물음에 대한 답을 얼마 지나지 않아 얻게 되었다. 블로그 이웃 중에 매일 감사편지를 쓰고 계신 분을 우연히 알게 된 것이다. 절망의 상황에서 《365땡큐》라는 책을 읽고 감동받아 저자처럼 1년 동안 365통의 감사편지를 쓰셨다고 했다. 그 덕분에 현재는 '이렇게 행복해도 되나?' 싶을 정도로 달라진 삶을 살게 되셨다고 했다. (그 이웃은 후에 《땡큐레터》라는 책을 출간하셨다.)

나는 그분이 소개한 책을 읽어보았다. 저자는 최악의 상황에서 절망하던 중 365통의 감사편지를 쓰기로 결심하고 실천하면서 삶의 놀라운 변화를 경험하게 되었다고 했다. 인간관계가 매우 좋아졌고, 사업은 번창했으며, 그밖에 긍정적이고 심오하며 놀랄 만한 변화가 동시에 일어났다고 한다.

감사일기는 내면을 들여다보면서 나를 치유하고 마음의 힘을 키운다면, 감사편지에는 타인에게 감사함을 전하는 행동이 더해진다. 그래서 그 감동의 효과가 크고 내면에 미치는 파급력이 훨씬 더 크다는 생각이 들었다. 나는 감사편지에는 감사일기를 능가하는 경이로운 힘이 있다는 확신이 들었다.

그 후부터 1주일에 한 번씩 감사편지를 쓰기 시작했다. 편지지를 구입하고 써서 전해주어야 하기 때문에 감사일기보다 조금 더 정성이 따르고 수고스럽다. 하지만 나는 꾸준히 감사편지를 쓰며 내 안에 흘러넘치는 감사에너지를 세상에 전하고 싶다. 감사편지를 쓰는 일은 나의 행복을 키워주는 것은 물론이고 세상을 선하게 물들여 줄 거라는 믿음이 있기에-

새언니에게 쓰는 감사편지

저에게 '설현' 닮았다고 말해주는 사람이

대한민국에 딱 한 명 있습니다.

바로 새언니입니다.

언니가 처음에 그런 말을 했을 때 당연히 빈말인 줄 알았습니다.

"아가씨 진짜예요. 전 설현이 유명해지기 전 드라마에 나올 때부터

아가씨랑 진짜 닮았다고 생각했어요."

이 사실을 남편에게 얘기했더니

"말도 안 돼"라는 말로 크게 부정하더군요.

저를 이렇게 예쁘게 봐주는 사람이 있다는 것은

참 기분 좋은 일입니다.

그게 새언니라서 더 기분이 좋습니다.

늘 밝고 사려 깊은 새언니에게 고마운 마음을 갖고 있습니다.

순한 것 같지만 은근 까칠하고

고집 센 울 오빠랑 화목하게 살아줘서 고맙고,

가끔은 딸인 나도 감당하기 힘든 우리 엄마, 아빠 이해해줘서 고맙고,

나를 예쁘게 봐주는 그 마음도 참 고맙습니다.

벼르고 벼르던 감사편지를 쓰며 그 마음을 담아보았습니다.

한 자 한 자 편지지에 써내려가다

그만 왈칵 울음이 터져버렸습니다.

마음 깊은 곳에서 솟아나는 그 감동의 실체는 무엇이었을까요?

5월에 감사편지 쓰기를 시작하고

현재까지 69여 통의 감사편지를 보냈습니다.

'일주일에 한 통만 써보자'

라는 마음으로 시작했는데 목표량을 두 배 이상 초과한 셈이죠.

감사편지가 주는 기쁨과 감동이 너무 좋아서

더 열심히 쓸 수밖에 없었습니다.

상대에게 늘 고마웠던 마음을 마음속에만 담아두지 말고

글로 써서 전달해 보세요.

그 작은 행동이 주는 큰 기쁨과 감동에 감탄하게 될 겁니다.

인생의 위대한 법칙 Giving

10년 전 라섹수술을 해주신 안과의사 원장님께 감사편지를 썼습니다. 오랜 시간 콘택트렌즈의 불편함 속에 고생하다가 성공적으로 수술하여 꿈꾸던 자유를 찾았는데 어떻게 그 감사함을 까맣게 잊고 지냈을까요?

감사하는 법을 배우지 않았다면 어쩌면 계속 잊고 살았을지도 모릅니다. 의사 선생님께 정성스럽게 감사편지를 쓰고 좋아하는 책 두 권을 함께 포장해 보냈습니다.

며칠 후 장문의 문자메시지를 받았습니다.

"보내주신 좋은 책들 감사히 받았습니다.
틈틈이 잘 읽어보겠습니다.
수술을 주로 하는 저 같은 의사들은 돈을 많이 벌고 그런 것보다는
제가 수술한 분들이 불편 없이 잘 지내시면
그것이 가장 큰 행복입니다.
이렇게 잊지 않으시고 감사하게도 선물을 보내주셔서
하루 종일 기분이 좋습니다.
시간 나실 때 방문해주시면 눈 종합검사도 무료로 해드리겠습니다.
편한 시간에 한번 방문해 주십시오. 감사합니다."

무뚝뚝하고 차갑게 느껴지던 선생님으로 기억하는데
이렇게 다정하고 따뜻함이 담긴 문자를 읽으며 놀랐습니다.
특히 감사편지를 받은 후 하루 종일 기분이 좋았다는 말씀에
눈시울까지 뜨거워지더군요.

정성스럽게 쓴 감사편지 한 장은
어떤 이의 하루를 행복하게 만들 수 있습니다.

진심을 담은 손편지 한 장의 위력은 강력합니다.
최근에는 감사편지에서 확장하여
1일 1선 행복습관을 실천하기 시작했습니다.

오늘은 또 누구에게 무엇을 줄까?

매일 이런 생각을 하니 삶이 우울해질 틈이 없습니다.
걱정, 불안, 근심 따위에 내 감정이 휘둘릴 새가 없습니다.
감사와 긍정의 에너지로 마음의 힘이 강해지고
삶이 더욱 풍요로워집니다.
베풂은 물질적인 것들에 한정되지 않습니다.

만나는 사람에게 기분 좋은 칭찬을 한다거나
좌절하는 이에게 용기를 북돋을 수 있는
따뜻한 말 한마디를 전해보세요.
타인을 축복하는 기도도 매우 좋습니다.
또 사람들에게 자주 미소 지으려 노력해보세요.
상대가 기뻐하는 모습을 보면서
우리의 영혼도 미소 짓기 시작할 거예요.

어깨를 부딪친 모두가 삶의 스승

한때 멘토 열풍이 분 적이 있습니다. 관심 있는 분야의 성공자들을 찾아가 배우고, 그들을 스승으로 모시기 위해 찾아다니는 사람들이 많았죠. 성공자를 만나면 분명 배울 점도 있겠지만 그들과의 만남이 과시용 인맥 쌓기의 연장은 아닌지 돌아볼 필요도 있습니다. 꼭 성공한 사람들을 찾아가 배우고 그들의 좋은 점을 모방하려고 노력해야 내가 성장할 수 있을까요? 저는 오히려 내 주변 가까운 가족, 이웃이 더 훌륭한 스승이 될 수 있다고 생각합니다.

아이를 낳고 하루아침에 엄마가 되었습니다. 육아는 상상 이상으로 힘들더군요. 육아에 때문에 지칠 때마다 키워주신 부모님 생각이 났습니다. 부모님에 대한 원망의 마음은 점점 녹고 키워주신 은혜에 대한 고마운 마음들이 차곡차곡 쌓이기 시작했어요. 내 아이가 없었다면 이런 귀한 깨달음을 얻을 수 있었을까요. 그런 의미에서 아이는 제게 훌륭한 스승이라는 생각이 듭니다.

요즘 블로그로 이웃들과 활발히 소통하다 보니 온라인상에서 훌륭한 스승을 많이 만납니다. 그 스승 중 한 분이 지수경 작가십니다. 제 글과 추천도서를 읽고 내면의 변화를 경험하시면서 감사일기는 물론이고 감사편지를 저보다 더 열성적으로 쓰시고 계십니다.
그녀는 감사의 힘에 눈뜨게 해줘서 고맙다며 끊임없이 제게 고마운 마음을 표현하셨고, 그런 그녀를 볼 때마다 저 또한 자꾸 뭔가 더 드리고 싶다는 생각이 들더군요. 감명 깊게 읽은 책이나 영상을 볼 때면 그녀가 제일 먼저 떠올라 빨리 나누고 싶다는 생각이 들었습니다. 고마운 마음은 쉽게 잊기 마련인데 그녀는 작은 호의에도 감사하는 마음이 한결 같았습니다. 그녀를 곁에서 지켜보면서 고마워하면 고마워할수록 왜 자꾸만 고마운 일이 더 쏟아질 수밖에 없는지를 깨닫게 되었답니다. 정말 돈으로 살수 없는 귀한 가르침과 깨달음이죠.

저는 블로그의 이웃들이 남겨주시는 댓글 하나하나도 새기며 배울 점을 찾고 이웃의 추천 도서나 영화도 빠짐없이 챙겨봅니다. 그럴 때마다 매번 귀한 영감을 얻게 되었습니다. 주변 사람들의 말을 경청하는 자세만으로도 삶을 변화시키는 큰 기회를 얻는 것이라는 생각이 듭니다.

내 주변의 가족, 이웃들의 말과 행동을 보며 배울 점을 찾아보세요.

더 나아가 나를 힘들게 하는 사람이 있다면

'이 사람이 나에게 어떤 깨달음을 얻도록 도와주려는 걸까?'

라고 질문해보세요.

어깨를 부딪친 모든 사람을 스승으로 여긴다면

우리는 삶에서 매 순간 배우고 성장하며 깨어있게 된답니다.

우리는 저마다 짊어진
삶의 무게와 고통으로 힘들어한다.

나만큼 타인도 힘들다는 것
그의 아픔도 별반 나와 다르지 않다는
연민의 마음을 가질 때
우리는 타인을 이해하고 용서하게 된다.

그리고 내면의 평온을 얻는다.

•행복 필사•

주변 사람을 바꾸고 싶다면

내가 먼저 바뀌면 된다.

내가 행복해 보이면

그들이 그 비결을 물어볼 것이고

그때 알려주면 된다.

에필로그

"행 복 하 니?"

지금 스스로에게 질문해보자. 아마 수많은 생각들이 스쳐 지나갈 것이다. 하지만 너무 깊게 생각할 필요 없다. 지금 이 순간 행복에 젖어 있다면 당신은 행복한 사람이다. 우리가 행복을 지금 이 순간에서 찾지 않고 저 끝에서 찾으려 할 때 문제가 생기기 시작한다.

'해피엔딩'이 아니라 '해피모멘트'를 추구해야 한다. 행복은 오직 지금 이 순간에만 존재하기 때문이다. 자꾸만 과거와 미래에 머무르려는 에고의 마음을 알아차리고 지금 이 순간으로 다시 돌아오려고 끊임없이 노력할 때 우리는 걱정, 근심 없는 마음의 평화를 자주 누리게 된다.

행복에 관한 책을 집필까지 하게 되었지만 나 또한 지금 이 순간의 행복을 잠시 잃을 때가 있다. 다만 과거와 차이가 있다면 내 마음이 행복하지 않은 그 순간을 바로 알아차릴 수 있다는 것이다. 나는 이제 그 얕은 웅덩이 속을 재빨리 빠져나와 지금 이 순간의 행복으로 돌아오는 법을 알고 있다.

주로 외부세계를 바라보던 시선이 이젠 내면세계로 향해 있기 때문에 가능한 일이다.
주변에 행복한 사람을 찾기 쉽지 않다. 말과 글로 행복을 이해한 사람은 있지만 이해한 만큼 실천하는 사람이 드물기 때문이다. 사람들이 의지력이 약해서가 아니다. 마음이 열려야 말과 글이 가슴 깊은 곳까지 닿을 수 있고, 가슴 깊이 깨달을 수 있어야 실천력이 생긴다.

현재 나는 10가지의 행복습관을 꾸준히 실천하고 있지만 과거엔 끈기라곤 찾아볼 수 없는 의지박약자에 가까웠다. 그러나 삶의 목적을 찾고, 감사하는 법을 배우고 실천한 후 굳게 닫혀 있던 마음이 열리면서 책 속의 지식들이 단순한 앎에서 그치지 않고 깨달음으로 연결되기 시작했다.

감사일기를 매일 쓰고, 감사편지를 전달하고
감사하다고 끊임없이 말해보자.

이렇게 감사하기를 6개월 이상 꾸준히 실천할 수 있다면 서서히 마음이 열리기 시작할 것이다. 감사를 제대로 실천해본 적이 없는 사람에게 감사습관은 성가시고 어려운 일로 느껴질 수 있다. 심지어 감사하는 마음 자체에 거부감을 갖고 있는 사람도 있을 것이다.
하지만 감사함이 나의 내면세계에 어떤 변화를 가져오고 그곳에서 시작된 '마음의 평화'를 단 한번이라도 경험하게 된다면 당신은 감사하는 일을 결코 멈추고 싶지 않게 될 것이다. 내가 누리는 모든 것에 감사하고 감탄해보자.
그렇게 지금 이 순간을 살기 시작할 때 어느새 당신의 삶도 마법처럼 변해갈 것이다.

엉뚱한 곳에서 행복을 찾아 헤매는 사람들에게
행복해지는 방법을 몰라 답답해하는 사람들에게
마음의 평화를 간절히 원하는 사람들에게
나의 글이 영혼 깊숙이 닿을 수 있기를 간절히 소망한다.

“

지금 이 책을 읽고 있는 분들께
깊은 사랑과 감사의 마음을 전합니다.

”

2016년 12월

- 햇살 같은 꿈을 그리며 -

아 유 해피?

초판 1쇄 2016년 12월 30일

지 은 이 강현순
펴 낸 이 이금석
기획·편집 박수진
디 자 인 김국희
마 케 팅 곽순식
경영지원 현란
펴 낸 곳 도서출판 무한
등 록 일 1993년 4월 2일
등록번호 제3-468호

주 소 서울 마포구 서교동 469-19
전 화 02)322-6144
팩 스 02)325-6143
홈페이지 www.muhan-book.co.kr
이 메 일 muhanbook7@naver.com

가 격 13,500원
I S B N 978-89-5601-347-3 (03810)